Die Inseln

Peter Caprano
DIE INSELN

Erzählung

Die Inseln

**Für Anne,
die mich animiert
und inspiriert hat
und sowieso**

Copyright 2015 by arc-kreativ-werkstatt
Peter Caprano, Darmstadt

Herstellung und Verlag:
BoD - Books on Demand, Norderstedt

ISBN 9783743152854

Prolog

Als Sir Patrick die Anhöhe erreicht hatte und zum ersten mal einen Blick hinunter in die schmale Bucht werfen konnte, zügelte er sein Pferd. Da unten war es also, war das Versteck des Drachens. Dort unten würde er seine Aufgabe erfüllen und die gottlose Brut ausmerzen zu Ehren des Herrn und seiner Kirche.

Lange hatte er sich darauf vorbereitet. Er hatte mit anderen Rittern geredet über die Art, wie man gegen Drachen kämpft, welche Waffen geeignet waren und welche Taktiken man anwenden konnte. Aber auch mit den Mönchen in der Abtei hatte er gesprochen. Das Böse auf dieser Welt musste bekämpft werden und Drachen waren eine Ausgeburt des Bösen. Und ein Ritter, der gegen das Böse antrat, konnte auf die Hilfe Gottes hoffen, wenn er aus tiefstem Herzen glaubte und nicht nach dem schnöden weltlichen Ruhm schielte. Dafür hatte er mit den Mönchen gebetet. Das sein Herz rein und seine Absichten lauter seien.
So hatte er auch die letzte Nacht in der Kapelle verbracht, tief ins Gebet versunken. Am Morgen hatte ihm der Abt noch die Beichte abgenommen und die Absolution erteilt. Und nun war er hier, stand vor der größten Herausforderung seines jungen Lebens.

Sorgfältig überprüfte er noch einmal den Sitz der Rüstung. Alles war in Ordnung, er konnte sich ungehindert bewegen. Dann waren die Waffen an der Reihe. Mit der Lanze konnte er sich das Untier vom Leib halten. Der Schild würde ihn vor dem Feuer schützen. Zwei Schwerter hatte er gegürtet für den Nahkampf, eines an der Seite und das andere auf dem Rücken. Und dann war da noch die große Axt, falls die Panzerung des Drachens seinem Schwert widerstehen sollte. Er war bereit.
Aufmunternd klopfte er seinem Pferd auf den Hals und dann setzten sie sich in Bewegung, vorsichtig einen Pfad zwischen den Felsen und dem Geröll suchend. Einen Weg gab es nicht da hinunter. Nur wenige waren vor ihm in diese Bucht gegangen, hatten Ruhm oder Schätze gesucht und waren nie zurückgekehrt.

Aber er würde nicht scheitern.

VOR DEN INSELN

Michael hatte es wieder einmal geschafft. Klammheimlich war er ausgebüchst und jetzt saß er hier, saß an seinem Lieblingsplatz. Hier, hoch oben auf der Klippe fühlte er sich am wohlsten. Möwen kreisten im Wind, immer auf der Suche nach etwas Essbarem, beäugten ihn aufmerksam. War da was zu holen? Aber da war nichts zu holen. Gerne hätte er Kekse oder Karamellen mit ihnen geteilt, wenn er nur welche gehabt hätte. Aber die gab es nur, wenn Oma zu Besuch kam oder wenn Tante Betty in ihrem Laden gute Laune hatte. Doch nichts war wirklich schlimm, wenn er nur hier sein konnte.

Weit unten vor dem Kap konnte er die gefährlichen Klippen erkennen, die bereits manchem Schiff zum Verhängnis geworden waren, wie der alte Nat immer erzählte. Ja der alte Nat, mit dem unterhielt er sich gerne, denn der hatte stets eine spannende Geschichte auf Lager. Hatte er ihm doch auch von den Inseln erzählt. Dort, wo vor den Klippen immer Nebelbänke lagen, dort befanden sich die verzauberten Inseln. Inseln, auf denen alle Wünsche wahr wurden. Seine Mutter schimpfte häufig über Nat und seine Geschichten. Das sei alles Blödsinn, denn der Nebel komme nur von der warmen Strömung, die am Kap auf eine kalte Strömung traf. Er aber glaubte lieber Nat und stellte sich vor, dass er auf den Inseln Kekse ohne Ende haben würde, oder Karamellen. Nat hänselte ihn mit Vorliebe wegen seiner Wünsche. „Kannst du denn immerzu an Süßigkeiten denken?", fragte er dann. Aber was sollte sich ein Junge von vier Jahren denn noch wünschen?

Jetzt schaute er vom Kap nach rechts hinüber auf die Bucht. Da unten in der Tiefe lag der Ort. Eingeklemmt zwischen den hohen Klippen. „Ein richtiges Piratennest", sagte Nat, wenn er von seiner Heimat sprach. Eine einzige Straße schlängelte sich vom Ort durch die Klippen auf die Hochebene und von dort zur nächsten Stadt.

Zwei mal war er mit dem Bus dort gewesen, um zusammen mit der Mutter seine Oma zu besuchen. Die mit den Süßigkeiten. Seine andere Oma kannte er nicht. Es hatte irgendwas damit zu tun, dass sein Vater, ihr Sohn, tot war. Auch seinen Vater kannte er nicht, er war auf dem Meer verunglückt, kurz vor seiner Geburt. Er hatte nur seine Mutter und die kam um vor Angst, wenn er hier oben auf den Klippen spielte. Aber ihn zog es immer wieder hier her.

Das Gepäck ließ wie üblich auf sich warten. Dabei hatte Martin es so eilig. Jede Minute, die er hier verlor, würde er später bei Claudia sein. Drei Wochen unterwegs war lange genug und nur abends telefonieren half auf Dauer auch nicht. Doch das war ja jetzt vorbei. Sie würden erst schön essen gehen und dann . . . würde man sehen. Komisch war nur, dass er sie auf dem Handy nicht erreicht hatte. Es war neunzehn Uhr, da war sie üblicherweise schon lange zu Hause. Na ja, vielleicht hatte sie ja vergessen es einzuschalten.

Endlich setzte sich das Gepäckband in Bewegung und nach einigen Minuten spuckte das schwarze Loch am Anfang auch seine Reisetasche aus. Schnell holte er sie und machte sich auf den Weg zum Ausgang.

Aus dem Taxifenster schaute er auf die Straßen, durch die sie fuhren. Es war schon komisch, wie man einen Ort mit ganz anderen Augen sah, sobald man ein paar Tage weg war. Alles war zwar vertraut aber doch irgendwie fremd. Die tief stehende Sonne ließ die Häuser auf merkwürdige Weise unwirklich erscheinen. Er fühlte sich wie im Kino, war nicht tatsächlich hier, ein ganz seltsames Gefühl.

Jetzt bogen sie nach rechts in die Weserstraße ein und waren da. Er zahlte, stieg aus, nahm seine Tasche und ging zum Hauseingang. Eigenartig, neben dem Eingang stand eine Blumenvase mit roten Nelken, Claudias Lieblingsblumen. Mist ! Das hatte er vergessen ! Er hatte ihr doch genau so einen Strauß roter Nelken mitbringen wollen. Also Tasche geschnappt und runter zur Ecke zum Blumenladen gelaufen. Und er hatte Glück, es waren noch rote Nelken da. Die letzten, wie die Verkäuferin versicherte. Kaum hatte er den Strauß in der Hand, fühlte er sich wieder besser. Froh gelaunt ging er den Weg zurück, malte sich aus, wie Claudia sich freuen würde über die Blumen.

Da er keinen Schlüssel mitgenommen hatte, musste er klingeln. Einmal, zweimal, keiner öffnete. Was war los ? Er klingelte noch einige Male, doch dann gab er auf. Vielleicht musste sie Überstunden machen und hatte vergessen ihm eine Nachricht zu schicken. Na ja, er würde ihr einen Zettel in den Briefkasten werfen, zu seinen Eltern fahren und warten, bis sie sich meldete. Dann würde es doch noch ein schöner Abend werden.

Von der Terrasse hat man einen wunderschönen Blick über die Insel, dachte Gwynneth.

Nun lebte sie bereits so lange hier, aber dieses Panorama nahm sie immer wieder gefangen. Noch schöner war es selbstverständlich, wenn man diese Momente mit jemandem teilen konnte, aber sie war allein. Schon lange war niemand mehr hier gewesen.

Nathaniel, der letzte ihrer Partner, war einige Jahre geblieben. Sie hatten eine schöne Zeit gehabt und oft gemeinsam den Blick von der Terrasse genossen. Er war sehr einfühlsam gewesen. Stundenlang konnten sie miteinander reden, ohne das es langweilig wurde. Oder er hatte einfach da gesessen und zugehört, wenn sie auf dem Flügel spielte. Oder sie hatte einfach da gesessen und seinen Phantasiegeschichten gelauscht. Darin war er unübertrefflich. So viel überbordende Phantasie hatte sie noch nie erlebt.

Doch dann eines Morgens, war er verschwunden, hatte das Boot genommen und die Insel verlassen. Sie hatte es vorher gespürt, dass es soweit war, aber nichts unternommen ihn zu halten. Das war ihr untersagt. Nur wer freiwillig blieb, mit dem durfte sie ihre Insel, ihr Haus und ihr Leben teilen.

Langsam ging sie zurück ins Haus, setzte sich an den Flügel und spielte das Lied. Ihr Lied, das hinaus klang in die Welt und Seelen suchte, Seelen die bereit waren für ihre Welt, Anwärter auf die Reise. Doch heute spürte sie kein Echo und achselzuckend stand sie auf, um eine weitere einsame Nacht hinter sich zu bringen.

Nachdem er einen Zettel aus seiner Reisetasche gekramt hatte, schrieb Martin eine kurze Nachricht an Claudia darauf.
„Hallo Schatz, bin angekommen. Warte bei meinen Eltern. Ruf an, dann komm ich. Kuss, Martin."

Er warf ihn in den Briefkasten und bestellte sich wieder ein Taxi, denn bis zu seinen Eltern waren es sicher einige Kilometer. Die würden sich wundern, wenn er jetzt auftauchte, war ihnen doch klar, dass ihn sein erster Weg zu Claudia führen würde. Quasi wohnte er ja bereits hier, auch wenn es ihre Wohnung war. Zu Hause tauchte er nur noch auf, wenn Wäsche gewaschen werden musste oder ein Strumpf zu stopfen war. Zu mindestens formulierte es seine Mutter immer so.

Er läutete Sturm, wie er es jedes mal tat und rief
„Hallo! Hallo! Aufmachen! Der verlorene Sohn ist wieder da!"
Nach wenigen Augenblicken öffnete seine Mutter und er schnappte sie , hob sie hoch und drehte sich drei Mal um die eigene Achse. Sie sagte immer, dass sie das hasst aber eigentlich liebte sie diese stürmischen Begrüßungen.

Doch diesmal war irgend etwas anders. Abrupt setzte er sie ab und schaute in ihr Gesicht. Sie weinte.
„Was ist los Mami?", fragte er. „Ist was mit Papa ?"
Sie schüttelte nur stumm den Kopf und weinte noch stärker.
„Nun erzähl schon! Was gibt es ?"

Da sprudelte es plötzlich aus ihr heraus. Claudia war verunglückt, hatte einen Verkehrsunfall gehabt. Gestern Abend war sie aus dem Haus direkt auf die Straße gegangen, hatte nicht auf den Verkehr geachtet, war direkt vor ein Auto gelaufen, der Fahrer hatte keine Chance gehabt zu bremsen, sie war weggeschleudert worden, mit dem Kopf auf die Straße geknallt und sofort tot.

Irgendwie kam die Nachricht nicht bei ihm an. Das konnte nicht sein. Noch gestern hatte er mit ihr telefoniert. Das war ein Irrtum, eine andere Claudia. Gleich würde das Handy klingeln und sie würde sich melden.

Seine Mutter redete weiter auf ihn ein, aber er verstand sie nicht mehr. Ihr Mund bewegte sich, doch es kam kein Ton bei ihm an. Er hatte sich entfernt, war aus der realen Welt herausgetreten. Sein Verstand kapselte sich ab gegen eine unerwünschte Realität. Er ließ sie stehen und ging in die Küche, holte den Saft aus dem Kühlschrank und schenkte sich ein Glas ein. Sie folgte ihm, redete weiter auf ihn ein, wie eine groteske Pantomime.

Da nahm er das Glas, holte seine Reisetasche, ging auf sein Zimmer und schloss sich ein. Gleich begann er die Sachen auszupacken, langsam und systematisch. Die Schmutzwäsche auf den Boden, den Rest an seinen Platz in den Schränken. Den Kulturbeutel zur Seite, den würde er später mit ins Bad nehmen. Den Reisewecker auf den Nachttisch, die Hausschuhe vors Bett. Die Mitgebringsel auf die Kommode, schön geordnet nach Empfänger. Die Geschäftsunterlagen auf den Schreibtisch, dann sortiert und in seiner Aktentasche verstaut. Schließlich benötigte er sie morgen im Büro.

Als er mit seiner Reisetasche fertig war, bereitete er den kommenden Bürotag vor. Welche Hose ? Welches Jackett ? Passendes Hemd dazu und einen passenden Binder. Frische Unterwäsche bereitlegen und die Socken nicht vergessen. Aktentasche durchsehen. Alle Unterlagen vorhanden ? Terminkalender eingepackt ? Schreibutensilien arbeitsklar ?

Dann war nichts mehr zu tun und er legte sich aufs Bett. Und da kam sie, die Realität. Holte ihn ein, überschwemmte ihn, traf ihn wie ein Hammerschlag.

Claudia war tot, weg, nicht mehr vorhanden, aus seinem Leben verschwunden für immer. Sein Magen verknotete sich, Weinkrämpfe schüttelten ihn und in seinem Herzen war ein Stechen, das ihm die Luft raubte.

In dieser Nacht hat er nicht geschlafen.

Am nächsten Morgen kam eine große Ruhe über ihn und er funktionierte wie eine Marionette. Er ging ins Bad, putzte sich die Zähne, rasierte sich und duschte. Dann zog er sich an und ging hinunter in die Küche zum Frühstück.

Seine Eltern warteten bereits auf ihn. Er begrüßte sie, besonders seinen Vater, den er ja noch nicht gesehen hatte. Sie sahen ihn aufmerksam an, sagten aber kein Wort. Nach einer Tasse Tee, essen ging nicht, stand er auf und rief im Büro an, nahm sich ein paar Tage frei, ohne Begründung. Es fragte auch keiner. Seine Mutter hatte bereits dort angerufen, wie er später erfuhr.

Zurück auf seinem Zimmer, versuchte er zu lesen, aber die schwarzen Zeichen auf dem Papier ergaben keinen Sinn, wollten sich nicht zu Wörtern fügen, weigerten sich ihren Inhalt Preis zu geben. Er gab auf und fing an im Zimmer umher zu laufen.

Dann stieß er auf das Bild, das Bild von Claudia. Claudia mit einem strahlenden Lächeln im Urlaub des letzten Jahres. Und alles begann von vorne. Er warf sich aufs Bett, sein Magen verknotete sich, Weinkrämpfe schüttelten ihn und in seinem Herzen war ein Stechen, das ihm die Luft raubte.

Stunden später, so schien es ihm, kam er wieder zu sich, konnte wieder einigermaßen klar denken. Du musst lernen die Realität zu akzeptieren, redete er sich ein. Aber es half nicht.

Die folgenden Tage verliefen ähnlich. Immer wieder lähmten ihn diese unvorhersehbaren Anfälle. Es war wie bei Sisyphus, immer wenn er sich einigermaßen im Griff zu haben glaubte, schlug der Zufall zu. Mal nahm er ein Buch in die Hand und fand einen Zettel, einen Zettel von ihr. Mit einem großen Herzen darauf und darunter „Hab Dich lieb !!". Dann lag da das T-Shirt im Schrank, das T-Shirt, das er ihr geliehen hatte und das noch ihren Duft trug. Oder er zog nur seinen Mantel an und am Kragen hing ein Haar, ein Haar von ihr. Er hatte einfach keine Chance.

Dazwischen die Beerdigung, an die er nur eine vage Erinnerung hatte. Claudias Eltern, ihr Bruder, seine Eltern. Alle heulten, auch er. Jeder versuchte jeden zu trösten, ohne selbst Trost zu empfinden. Ein Horrortrip !

Und dann waren die freien Tage vorbei und er musste sich wieder im Alltag einfinden, musste wieder ins Büro und seine Arbeit tun, als wäre nichts gewesen. Was interessierte es schon sein Büro, dass seine Welt gerade in Brüche gegangen war ?

Langsam trockneten die Tränen, erfüllte dieser magische Ort seinen Zweck, wie immer. Er hatte eigentlich nicht weinen wollen, hatte stark sein wollen und seine Enttäuschung verbergen. Doch es hatte nicht geklappt. Der Beste war er in der Klasse, immer der Beste gewesen. Das mit Abstand beste Zeugnis hatte er gehabt und es hatte nichts genutzt.

„Michael", hatte seine Mutter gesagt. „Bitte versteh doch, dass wir dich nicht auf die höhere Schule schicken können. Das kostet eine Menge Geld und wir haben es einfach nicht. Beende hier die Schule und dann suchen wir dir eine gute Lehrstelle. Du wirst sehen, dass macht dir viel mehr Spaß und außerdem kannst du auch bei mir bleiben."

Nichts hatte sie verstanden, keine Ahnung von seinen Träumen, in denen er Flugzeuge baute, Flugzeuge mit denen man in den Weltraum fliegen konnte. So, wie in den Büchern, die ihm der alte Nat geliehen hatte, die er verschlungen hatte, wieder und wieder. Dafür hatte er gelernt, dafür hatte er selbst in den langweiligsten Schulstunden still gesessen und aufmerksam zugehört. Und jetzt, alles umsonst. Es würde ein Traum bleiben. Peter, sein bester Freund, war der Einzige außer Nat, mit dem er in all den Jahren seine Träume teilen konnte. Nicht das Peter auch geträumt hätte, aber er hörte gerne zu, wenn Michael von seinen Plänen schwärmte, während er seine Zukunft fest vor Augen hatte. Peter würde nach der Schule irgendwie die Zeit überbrücken, bis er endlich den Pub von seinem Vater übernehmen konnte. Andere Ziele kannte er nicht.

Ach, wenn er doch nur zu den verzauberten Inseln fahren könnte. Dort wurden die Wünsche wahr. Ganz egal, ob die Eltern Geld hatten oder nicht. Er schaute angestrengt in den Nebel am Kap, versuchte etwas zu erkennen und es war ihm, als ob er verschwommene Umrisse dort im Dunst sehen könnte. Doch dann wallte der Nebel und sie waren verschwunden.

Er holte seine Mundharmonika aus der Tasche und spielte eine traurige Melodie. Außer diesem Platz, war die Musik sein einziger Tröster.

Die Rückkehr ins Büro war nicht einfach. Die Kollegen waren betont rücksichtsvoll, hielten sich aber von ihm fern, als hätte er eine ansteckende Krankheit.

Er selbst versuchte sich in die Arbeit zu stürzen, Vergessen darin zu finden. Doch häufig ertappte er sich dabei, wie er Gedankenverloren aus dem Fenster starrte.

Der Gang in die Kantine war auch kein Zuckerschlecken. Die mitleidigen Blicke derer, die seine Situation kannten, waren nicht zu ertragen. Nachdem er zwei Mal in Tränen ausgebrochen war, verzichtete er lieber auf das Mittagessen.

Die Qualität seiner Arbeit war mies, er war einfach nicht bei der Sache. Die Kollegen versuchten, so gut es ging, seine Patzer auszubessern, doch mit der Zeit wurden sie mürrisch, hatten sie doch selbst genug Arbeit am Hals.

So kam es, wie es kommen musste. Die ersten Beschwerden von Kunden gingen ein. Ein Angebot enthielt nicht die abgesprochenen Posten, eine Rechnung berücksichtigte nicht die vereinbarten Konditionen, ein wichtiger Termin war einfach vergessen worden. Er machte Überstunden, um gegenzusteuern. Nahm Arbeit mit nach Hause, um seine Fehler auszubügeln.

Aber es blieb alles nur Stückwerk. Er war einfach nicht in der Lage längere Zeit mit den Gedanken bei der Sache zu bleiben. Immer wieder stiegen in ihm Erinnerungen auf, Erinnerungen an Claudia, die wunderschönen Zeiten, die sie zusammen erlebt hatten, die Pläne, die sie für die Zukunft geschmiedet hatten. Und dann kam es wieder, dieses Stechen im Herz, das ihm die Luft nahm und ihm fast den Verstand raubte. Er war einfach nur noch ein halber Mensch, wenn nicht weniger.

Und so schleppten sich die Tage und Wochen dahin.

Er lag oben auf der Klippe und schaute in den Himmel. Die Sonne wärmte angenehm und er ließ die Gedanken schweifen. In letzter Zeit war er wieder oft hier. Er hatte ja auch Zeit. Die Schule hatte er abgeschlossen und eine Lehrstelle war nicht in Sicht. Die Zeiten waren schlecht und da belastete sich keiner mit einem Lehrling. Ab und zu ein paar Aushilfsjobs. Gerade genug, um seiner Mutter nicht zu sehr auf der Tasche zu liegen.

Und für die Gitarre hatte es gereicht. Endlich! Wenn er nicht hier oben in der Sonne lag, dann übte er unermüdlich. Die Energie, die er früher in die Schule gesteckt hatte, um Flugzeuge bauen zu können, die floss heute in die Musik. Er spielte schon ganz leidlich und zusammen mit der Mundharmonika, die er spielte wie kein Zweiter, konnte er sich schon hören lassen. Ab und zu durfte er im Pub von Peters Vater spielen.
Und den Leuten gefiel's.

Ansonsten hatte er sich das Träumen abgewöhnt. Es lohnte sich nicht. Sie wurden ja doch nicht wahr. Außer vielleicht auf den verzauberten Inseln, aber die gab es ja nicht. Die gab es nur in den Erzählungen des alten Nat, doch der war im letzten Jahr gestorben und mit ihm seine Geschichten.

Er setzte sich auf und schaute hinunter in den Nebel. Lächelnd dachte er daran, wie fest er früher an diese geheimnisvollen Eilande geglaubt hatte, welche Wunschträume er damit verbunden hatte. Da war er halt noch ein kleines Kind gewesen.

In diesem Moment riss der Nebel auf und er sah eine kleine Insel. Felsenküste mit einem kleinen Hafen, um den sich wenige Häuser scharten. Er traute seine Augen nicht. Es gab sie also doch, Nat hatte recht gehabt. Zu mindestens eine Insel war vorhanden und, wenn sie vorhanden war, dann stimmte vielleicht ja auch das mit den Wünschen. Doch da schloss der Nebel wieder seine weiße Wand und Michael war sich plötzlich nicht mehr sicher, ob er das tatsächlich gesehen hatte. Nachdenklich stand er auf und machte sich auf den Heimweg.

Als Martin morgens ins Büro kam, fand er einen Zettel auf dem Schreibtisch. Ein Zettel von der Sekretärin seines Chefs.
„Hallo Herr Vogel, Herr Meyer möchte sich gerne mit Ihnen unterhalten. Bitte vereinbaren Sie umgehend einen Termin mit mir. Mfg A. Holledei"
Er rief sofort bei ihr an und bekam einen Termin am selben Tag um vierzehn Uhr.

Das war ungewöhnlich. Termine beim Chef waren normalerweise so schwer zu bekommen wie eine Audienz beim Papst. Aber er konnte sich bereits denken, was das Thema war. Die letzten Wochen waren nicht gut gelaufen. Seine Arbeitsleistung war eher als stark unterdurchschnittlich zu bezeichnen.

Pünktlich um fünf vor Zwei trat er an, innerlich gewappnet gegen die Vorhaltungen die zu erwarten waren. Doch es kam alles ganz anders. Sein Chef war die Freundlichkeit in Person.

„Wissen Sie Herr Vogel, ich habe Sie in all den Jahren als sehr kompetenten Mitarbeiter schätzen gelernt. Ihre Projekte sind stets gut gelaufen und bei den Kunden haben Sie auch einen guten Namen. Das ist Kapital aus dem eine Firma wie die unsere großen Nutzen ziehen kann. Ihre derzeitige persönliche Lage bringt dieses Kapital in Gefahr und das ist nicht gut, weder für Sie noch für uns. Ich will den alten Herrn Vogel wieder haben und deswegen habe ich mir etwas überlegt:
Sie haben noch zwei Wochen Urlaub in diesem Jahr und ich bin bereit noch weitere zwei Wochen bezahlten Urlaub beizusteuern, wenn Sie diese vier Wochen dazu nutzen ihr Leben wieder ins Gleichgewicht zu bringen.
Und auch dazu habe ich mir etwas überlegt:
Ich kenne einen kleinen Ort in Irland, am Ende der Welt, total abgeschnitten, aber mit einer wunderschönen Landschaft und netten, offenen Menschen. Genau das Richtige, um die Vergangenheit zu vergessen, die Seele zu heilen und neuen Mut zu tanken.

Denken Sie bitte darüber nach und sagen mir bis morgen, ob Sie das Angebot annehmen. Ich habe schon mal für nächste Woche reservieren lassen. Ich höre von Ihnen."

Ein Händedruck und er war wieder draußen.

Ihre Hände glitten über die Tasten, wie in Trance. Gwynneth spielte das Lied, suchte Seelen, Seelen für ihre Welt.

Und heute hatte sie Kontakt. Es war keine Unbekannte. Häufig hatte sie das Echo dieser Seele schon gespürt. Eine Seele, die verwundet war, die Erfüllung suchte und nicht fand, eine junge Seele, zu jung für ihre Welt.

Doch jetzt war es anders. Um Jahre schien sie ihr gealtert, hilflos und verzweifelt. Dabei spürte sie so viel Schönes in ihr. Eine sensible Seele, voller Phantasie und schöpferischer Kraft. Sollte sie ihr den Weg zeigen ? Den Weg in ihre Welt ? Um zu reifen, zu lernen das Potential auszuschöpfen das in ihr steckte. Oder um zu scheitern, unterzugehen für immer. Ihre Welt war eine Chance, doch die meisten nutzten sie nicht.

„Sei ehrlich zu dir selbst !" schalt sie sich. „Er erinnert dich an Nathaniel und deshalb willst du ihm den Weg zeigen."

Sie musste zugeben, dass da etwas dran war und sie durfte sich nicht von Gefühlen leiten lassen. Es gab klare Kriterien, wann es ihr erlaubt war einer Seele den Weg zu zeigen und an die würde sie sich halten. Sie würde genauestens prüfen und dann würde man sehen.

Es regnete und der Wind pfiff Michael um die Ohren. Er hatte den Kragen seiner Jacke hochgestellt und die Mütze tief ins Gesicht gezogen. Dunkel und kalt war es, bitterkalt, aber er war nicht bereit seinen Platz auf der Klippe zu räumen. Hier war seine letzte Heimat seit seine Mutter gestorben war.

Peters Eltern hatten ihn aufgenommen, als er die Wohnung räumen musste. Alle waren sehr nett zu ihm, behandelten ihn wie einen Sohn. Er aber fühlte sich nur wie ein Gast.

Erst jetzt hatte er begriffen, wie viel ihm seine Mutter all die Jahre gegeben hatte. Immer war sie für ihn da gewesen, hatte seine Sorgen und auch seine Freuden geteilt, hatte ihm Mut gemacht es immer wieder zu versuchen, zu versuchen eine feste Arbeitsstelle zu finden. Etwas zu finden, was ihm Freude macht, eine Arbeit, bei der er das Gefühl hatte etwas sinnvolles zu tun. Hatte sich seine Musik angehört, seine ersten eigenen Lieder gelobt, ihn ermutigt damit aufzutreten und ihn getröstet, wenn sie bei den Leuten im Pub nicht ankamen.

Und jetzt war sie nicht mehr da und er konnte ihr nicht mehr sagen, wie sehr er sie liebte, auch wenn er oft gemeckert hatte.

Plötzlich glaubte er ein Lied zu hören, eine ferne Melodie, schwermütig und zugleich vertraut. Er kannte diese Melodie, hatte sie ab und zu gehört, wenn er hier auf seinem Lieblingsplatz saß. Nie hatte er sich gefragt, woher diese Melodie wohl kam. Sie war einfach Teil dieses Ortes, gehörte hier hin wie die Klippen, das Meer und der Nebel. Er hatte auch bereits versucht sie auf der Gitarre nach zuspielen, aber es war ihm nicht gelungen.

Doch heute war sie deutlicher als sonst, jeden Ton konnte er hören. Und dann wurde es schlagartig hell. Der Nebel teilte sich und zeigte ihm wieder die Insel. Schön lag sie da vor ihm, von der Sonne beschienen, inmitten des Regens und der Nacht.

Doch dann verstummte die Melodie, der Nebel schloss sich und er war wieder allein mit dem Wetter und seinen Gedanken.

Martin hatte nicht lange nachdenken müssen. Natürlich hatte er das Angebot von Herrn Meyer angenommen. Er war jetzt noch überrascht von der Großzügigkeit seines Chefs. Das hätte er ihm nicht zugetraut. Und dann noch die Idee mit dem kleinen Ort in Irland. So viel Sensibilität hätte er nicht erwartet, so kann man sich täuschen. Je mehr er darüber nachdachte, um so besser gefiel ihm die Idee, doch dann gestand er sich ein, dass er einfach nur froh war hier raus zu kommen. Dafür wäre er überall hingefahren.

Und jetzt war er bereits in Irland, hatte das Flugzeug verlassen, den Zoll passiert und wartete auf seinen Fahrer. Frau Holledei hatte im Auftrag von Herrn Meyer alles bestens organisiert. Den Flug, den Transfer an seinen Zielort dessen Namen er sich nicht merken konnte und die Unterkunft vor Ort. Er musste nur noch reisen.

„Mr. Vogel" stand auf dem Pappschild, das ein älterer Mann hochhielt. Das musste der Fahrer sein. Schnell ging er hinüber und stelle sich vor.
Aus dem Munde des Fahrers klang sein Name eher wie „Wootschel", aber er grinste über beide Backen und hatte eine ansteckende Fröhlichkeit.
„Ich bin Reginald", stellte er sich vor. „Aber alle nennen mich Smiley". Und damit schnappte er sich die beiden Koffer und ging voraus auf den Parkplatz zu einem abenteuerlich aussehenden alten Taxi, stellte die Koffer in den Kofferraum und hielt Martin die Tür auf.
„Wenn der werte Herr bitte einsteigen möchte in meine bescheidene Karosse."

Die Fahrt wurde nie langweilig. Zum einen war da Smiley, der ununterbrochen plapperte und zum anderen war da die Landschaft, die ihn immer mehr in ihren Bann zog. Smiley erklärte ihm alles und als sie sich dem Ziel näherten, machte er ihn neugierig.

„Sie sehen das Meer noch nicht, weil wir hier eine Steilküste haben. Aber warten sie ab, wenn wir zur Bucht hinunter abbiegen, dann haben sie einen Ausblick, der schlägt alles, was sie bisher gesehen haben."

Und so war es dann auch. Als sie die Kuppe erreichten, hielt Smiley an und ließ ihn erst einmal in Ruhe schauen.

Das Panorama war wirklich atemberaubend. In engen Windungen schraubte sich die Straße hinunter in die Bucht. Klein, wie Spielzeug lagen die Häuser, verstreut von einem Kind. Und auf der anderen Seite der Bucht eine Halbinsel, die wieder steil aufragte. Der Blick von dort oben musste auch grandios sein. Ja, hier war man tatsächlich am Ende der Welt, aber an einem schönen Ende. Er ging zurück zum Wagen, klopfte Smiley auf die Schulter und sagte:
„Du hast nicht übertrieben, so etwas Tolles habe ich bis heute nicht gesehen. Lass uns hinunter fahren, ich möchte alles näher anschauen."

Und sie fuhren hinunter. Was von oben so romantisch als Straße mit Windungen ausgesehen hatte, entpuppte sich als halsbrecherische Abfahrtsstrecke. Mehr als einmal hielt er den Atem an, wenn Smiley mit einem Affenzahn um die Kurven donnerte. Dabei grinste er und sagte:
„Ich muss das Gefälle ausnutzen. So schnell fährt mein Karre sonst nie. Nach oben brauche ich dann die dreifache Zeit."
Doch irgendwann wurde es flacher, die ersten Häuser kamen in Sicht, standen dichter und bildeten schließlich die Hauptstraße. Kurz vorm Strand hielt er an. Direkt vor einem Pub. „Endstation ! Das ist ihre Unterkunft."
Er stellte die Koffer an den Straßenrand, verabschiedete sich, wendete und weg war er.

Da stand er nun vorm „Dragons Lair". Ob hier wirklich mal ein Drache gehaust hatte ? Zu mindestens würde er jetzt vier Wochen hier hausen. Man könnte es ja solange in „Martins Lair" umbenennen. Er nahm seine Koffer und ging hinein.

Inzwischen war es wieder Sommer geworden und er saß, wie so häufig in letzter Zeit, an seinem Lieblingsplatz auf den Klippen. Er hatte seine Gitarre und die Mundharmonika dabei und spielte das Lied.

Seit jener Sturmnacht konnte er es spielen und er spielte es oft. Meistens hier oben, in der Hoffnung, dass er die Insel wieder sehen würde, aber auch abends im Pub. Er hatte einen Text dazu geschrieben, einen Text über die verzauberten Inseln und dass dort die Träume in Erfüllung gehen. Die Leute im Pub hörten es gerne und oft waren es die Gäste, die sagten:
„Hey Mike, spiel uns das Lied von den Inseln. Wir wollen ein bisschen träumen." Sie träumten ein wenig und er war ein wenig stolz.

Ansonsten gab es nichts Neues. Er hatte immer noch keine feste Arbeit, verdiente sich hier und da ein paar Pfund, half im Pub von Peters Vater aus oder spielte abends für die Gäste. Seine freie Zeit verbrachte er fast immer hier oben. War besessen von der Idee die Insel wieder zu sehen und innerlich bereit dort hin zu fahren, wenn sich die Gelegenheit ergab.

Und so saß er und spielte das Lied, ein ums andere mal, sang dazu seinen Text und starrte in den Nebel, in der Hoffnung er möge verfliegen.

Und er verflog. Plötzlich war der gesamte Nebel verschwunden und im hellen Sonnenlicht lagen die Inseln vor ihm. Ja, es war nicht nur eine Insel, sondern es waren mehrere. Die genaue Zahl konnte er nicht ausmachen, denn sie lagen so dicht beieinander, dass man nicht wusste, ob es noch die selbe war oder bereits die nächste. Die vorderste war die, die er kannte. Der kleine Hafen mit den Häusern, die sich um ihn scharten. Auch Menschen waren zu sehen, die irgendwelchen Tätigkeiten nachgingen. Michael war ganz aufgeregt.

Und dann sah er es. Unten am Strand, am Fuß der Klippen lag ein Ruderboot. Ein kleines Ruderboot, gerade groß genug für einen Mann.
Das war ein Zeichen ! Er steckte die Mundharmonika ein, packte die Gitarre und lief so schnell er konnte den schmalen Pfad hinunter zum Strand.

Ganz aufgeregt war sie, wie ein junges Mädchen. Die Zeit der Langeweile und der Einsamkeit war vorbei.

Lange hatte sie geprüft, ob er nach den Regeln geeignet war die Reise anzutreten, hatte an der einen oder anderen Stelle nicht genau hingeschaut und dann befunden, dass er kommen konnte. Dann hatte sie das Boot geschickt und gewartet. Aber nicht lange. Sofort hatte er das Boot entdeckt, hatte es als Zeichen erkannt und jetzt kam er, endlich !

Natürlich kam er nicht direkt zu ihr, das war gegen die Spielregeln. Er würde seinen Weg finden müssen über die Inseln. Zu ihr kamen nur die, die nicht vorher gescheitert waren.

Doch er würde nicht scheitern, er nicht, denn er hatte das gewisse Etwas, das man braucht um die Inseln zu bezwingen.

Schon bald . . .

Er ging mit seinen Koffern durch die Tür von „Dragons Lair" und sah erst einmal nichts. Langsam gewöhnten sich seine Augen an das Dämmerlicht im Inneren. Er stand in einem kleinen Flur. Links eine Schwingtür, vermutlich der Durchgang zum Schankraum, rechts zwei Türen: eine für Damen und eine für Herren, geradeaus eine normale Tür, wahrscheinlich Privaträume oder die Küche und kurz davor zweigte rechts eine Treppe ab. Dort ging es nach oben, zu den Gästezimmern? Von einer Rezeption keine Spur, also versuchte er sein Glück im Schankraum. Dort war es genau so düster, wie im Flur. Rechts die Bar in L-Form, endlos lang mit einem kurzen Knick nach rechts, links ein Labyrinth von Stützen, kurze Zwischenwänden bildeten Nischen und alles überfüllt mit kleinen Tischen und Stühlen.

„Im Moment gibt's nix, halt' euch an die Ausschankzeide ihr Saufnase", kam eine Stimme aus dem Dunkeln.

„Mein Name ist Martin Vogel. Für mich ist hier ein Zimmer reserviert."

Ein Lachen ertönte im Dunkeln, dann Schritte und aus dem Zwielicht schälte sich die Gestalt eines mittelgroßen, kräftigen Mannes mit roten Haaren und tausend Lachfalten an den Augen. Er mochte so um die Fünfzig sein.
„Verzeihn se Herr Wootschel, ich dacht, es is wieder aaner von dene Brüder, die net bis zu de Öffnungszeide warde könne. Ich bin Peter O'Brien, de Wirt, aber all nenne mich nur Pete. Ich hab se bereits erwart, ihr Zimmer is bereit."

„Nennen Sie mich bitte einfach Martin, Vogel ist zu kompliziert."

„OK Martin, komme se mit, mer geh'n nach obbe, ich zeig ihne ihr Zimmer."

Die Treppe war eng und niedrig und zum Glück hatte Pete einen der Koffer genommen, denn mit zwei Koffern wäre Martin hier nicht rauf gekommen. Am Ende der Treppe gab es zwei Türen.

„Links, des is mei Wohnung", sagte Pete. „Und hier rechts, des is des Gästezimmer, ihr Zuhaus für die nächste vier Woche."

Nach dem engen Treppenhaus, war das Zimmer überraschend geräumig. Ein großer Schrank, ein Doppelbett, ein Schreibtisch mit Stuhl und am Fenster noch genügend Platz für eine Sitzecke mit Couch, Sessel und kleinem Tisch. Neben dem Schrank noch eine schmale Tür.

„Dort finne se Toilett unn Dusch. Enn Fernseher wern se vergeblich suche. In unsrer Bucht gibt's kaan Empfang und für e Relaisstation wollt noch kaaner zahle. Mer trifft sich hier abends im Pub, is so was, wie e groß Wohnzimmer fer alle. Frühstück gibt's in de Küch, die Tür am Fuß von de Trepp. Komme se morchens einfach runner und ich mach ihne dann was. Wenn se mittags was esse wolle, müsse se mir en Daach vorher Bescheid gebbe, am beste saache se aach glei, was se wolle und ich versuch's dann zu koche. Abends gibt's im Pub Sandwichs unn sonst noch e paar Snacks. Se sehn also, verhungern wern se net, aach wenn ich kaa Stern nebe der Eigangstür hänge hab. Ich laß se jetzt ellaa, damit se sich eirichte könne. Komme se nachher runner an die Bar, ich lad se zur Begrüßung zu em Pint Guinness ei."

Das war schon ein Typ, dachte Martin und konnte sich ein Lächeln nicht verkneifen. Dann fing er an die Koffer auszupacken und das Zimmer in Besitz zu nehmen. Dabei summte er zum ersten Mal seit Wochen wieder ein Liedchen vor sich hin. Als er den Inhalt des Kulturbeutels im Bad verteilte, fiel ein kleines Zettelchen aus einer Seitentasche.

„Zeitzone beachten ! Uhr umstellen ! Lieb Dich ! Claudia"

Und alles begann von vorne. Er warf sich aufs Bett, sein Magen verknotete sich, Weinkrämpfe schüttelten ihn und in seinem Herzen war ein Stechen, das ihm die Luft raubte.

Es dauerte zwei Stunden, bis er wieder soweit war, dass er daran denken konnte unter Menschen zu gehen. Er wusch sich das Gesicht ab, zog ein frisches Hemd an und stieg dann die Treppe hinunter. Er wollte Pete nicht vor den Kopf stoßen, indem er nicht zum versprochenen Begrüßungsbier erschien.

Ganz stark war das Gefühl, so stark, dass sie es spürte, ohne am Flügel zu sitzen. Eine Verbindung zu den leidenden Seelen hatte Gwynneth sonst nur, wenn sie das Lied spielte.

Diese Seele war ihr nicht unbekannt. Seit ein paar Wochen hatte sie immer ein Echo von ihr empfangen, wenn sie spielte. Aber so stark ? Als ob sie in nächster Nähe sei.

Schnell eilte sie zum Flügel, obwohl es noch Nachmittag war und sie sich angewöhnt hatte nur noch abends zu spielen.

Sofort kam ein Echo, ein Echo in reinstem Weiß, der Farbe für sehr tiefe Seelenpein. Und sie konnte es orten, es kam direkt vom Hafen am Festland. Vorsichtig sondierte sie. Es war ein Mann. Martin war sein Name. Eigentlich war es nicht erstaunlich, dass er hier war. Das Lied hatte ihn angelockt. Der Hafen war nicht die einzige Stelle für den Übergang, es gab Dutzende auf der ganzen Welt. Aber hier war die Ausstrahlung am stärksten, so dass immer wieder Seelen aus der ganzen Welt hierher gefunden hatten um hier die Reise anzutreten.

Sie forschte weiter. Martin beklagte einen schweren Verlust. Claudia ! Ihr Bild war ganz deutlich in seinen Gedanken. Ein schönes Mädchen und das Echo ihrer Seele, das in seinen Gedanken gespeichert war, zeigte großen Liebreiz und starke Emotionen. Er musste schon außergewöhnlich sein, dieser Martin, wenn er es geschafft hatte so eine Frau für sich zu gewinnen.

Aber vielleicht würde sie das ja demnächst selbst beurteilen können.

Als er in den Schankraum trat, war noch nicht viel los. Ein paar Männer saßen in einigen Grüppchen an den Tischen und unterhielten sich. Sie schenkten ihm einen kurzen Blick, als er grüßte nickten sie zurück, doch dann nahmen sie ihre Gespräche wieder auf. Er setzte sich an den kurzen Schenkel der Bar, die Wand im Rücken und alles im Blick. Er machte das immer so.
„Wenn man im wilden Westen überleben will, dann muss man den Rücken frei haben und eventuelle Feinde im Blickfeld."
Das war sein Standardspruch, auf jede Frage nach dieser Angewohnheit.
Hier war er im wilden Westen, schließlich lag Irland in dieser Himmelsrichtung. Noch weiter westlich kam erst einmal nur jede Menge Meer.

„Hey Martin, prima das se gekomme sin. Ich zapf uns erst emol zwa schene Gläser Guinness un dann stoße mer an uf en dolle Urlaub."

Pete hatte ihn entdeckt und einige Augenblicke später stand ein Pint Guinness vor ihm, schwarz wie die Nacht.

„Wolle se was esse ? Se habbe de ganze Daach noch nix gegesse. Ich mach ihne e paar leckere Schnidcher, da geht's aam glei besser."

Und weg war er. Martin probierte das Bier. Er kannte den legendären Ruf des Guinness, hatte es aber noch nie getrunken. Der erste Schluck war nicht so toll. Zu malzig und zu stark, er liebte mehr ein gnadenlos herbes Pils. Doch als der dritte Schluck in seinem Magen war und eine wohlige Wärme verbreitete, änderte er seine Meinung. Da könnte man sich dran gewöhnen.

Nach und nach füllte sich der Pub. Er war anscheinend wirklich das gemeinsame Wohnzimmer aller, denn Martin hatte den Eindruck, dass der ganze Ort versammelt war. Dann kam Pete mit den Sandwichs. Zum Glück, denn die Umwelt wurde langsam unscharf. Das legte sich nach dem Genuss von drei „Schniddchen", wie Pete sie nannte, aber der lange Tag forderte seinen Tribut.

Er wurde schlagartig total müde. Er wollte noch bezahlen, aber Pete wehrte ab mit einem „Kommt alles uff die groß Rechnung!". Danach schaffte er es gerade noch bis ins Bett. In dieser Nacht schlief er zum ersten Mal seit langem traumlos und ohne Unterbrechung.

Am nächsten Morgen fühlte er sich erholt wie schon lange nicht mehr. Er duschte ausgiebig und ging dann nach unten in die Küche. Direkt hinter der Tür war ein Klingelknopf an der Wand mit einem Schild darüber.

>If I still sleep well
>Please ring the bell

Das tat er dann auch und es dauerte bestimmt eine Viertelstunde, bis Pete auftauchte. Noch total verschlafen, aber gut gelaunt.
„War'n langer Abend gestern, hab ich glatt verschlaafe."

Zwei Minuten später stand ein Schüsselchen Porridge vor ihm, begleitet von einem Glas Orangensaft. Danach kam es ganz dick. Speck, mit jeweils einer Scheibe gebratener Leber- und Blutwurst und kleine gebratene Schweinswürste. Dazu noch ein Spiegelei und gebackene Bohnen mit Tomatensoße, garniert mit gebratenen Champignons und Tomatenscheiben. Dabei außerdem dunkles Brot. Und, als er das alles gegessen hatte, wollte Pete ihm noch Toast mit Marmelade aufnötigen, aber er wehrte ab mit dem Hinweis, dass er sonst platzen werde.

„Mer muss schee was frühstücke. De Daach is lang un mer waas net wann mer widder was kriggt."

Als er sich nicht überreden ließ, kamen noch ein paar Tipps für den Tag.
„Schaue se sich emol im Örtche um, damit se wisse wo was is. Un gucke se sich mal die Geeschend aa, es lohnt sich. Wenn se irschend was Spezielles vorhabbe, dann fraache se aafach."

Kurz darauf stand er auf der Hauptstraße und schaute sich um. Fast direkt gegenüber war eine Art Kiosk. Es gab Zeitungen, Zigaretten, Süßigkeiten und sonst noch allerlei. Ansonsten sah er keinen Laden. Wo kauften die Leute hier ein ? Vielleicht war ja in irgendeiner Seitenstraße noch ein Geschäft versteckt. Weiter unten, auf einem freien Platz fast am Strand, standen einige Frauen zusammen. Die meisten trugen eine Tasche oder einen Korb, das sah nach Einkaufen aus.

Als er gerade hin laufen wollte um seine Neugier zu befriedigen, ertönte hinter ihm ein schrilles Bimmeln und als er sich erschrocken umdrehte, sah er einen bunt bemalten, kleinen LKW die Straße hinunter brausen. Er raste an ihm vorbei und kam mit quietschenden Bremsen direkt bei den Frauen zum Stehen.

Fast augenblicklich klappte die Seitenwand auf und der mobile Laden war betriebsbereit, sofort umlagert von den Kundinnen. Martin schlenderte hin und schaute sich die Auslagen an. Hauptsächlich Lebensmittel, aber auch jede Menge andere Waren. Das war kein Laden, das war bereits ein kleines Kaufhaus. Wie er später von Pete erfuhr, lag er damit goldrichtig, denn im Volksmund war das „Paddys rollendes Kaufhaus". Dort gab es fast alles und was es nicht gab, das besorgte Paddy bis zum nächsten Mal und, da er Dienstags und Freitags erschien, musste man auf keinen Wunsch lange warten.

Dann sah er sich am Strand um. Einige Boote lagen auf dem Sand. Es sah aber nicht so aus, als ob der Hafen noch sehr aktiv sei. Es mochte sein, dass hier früher viel gefischt wurde, heute verdienten die Leute ihr Geld auf andere Weise.

Blieb noch die Klippe auf der anderen Seite der Bucht. Von hier unten sah sie riesig aus. Sie schob sich weit hinaus ins Meer, garniert mit einer Reihe spitzer Felsen, die in einer Nebelbank verschwanden. Er würde warten bis einmal kein Nebel da war, bevor er den Aufstieg in Angriff nahm. Nicht, dass er oben ankam und keine Sicht hatte.

Das war's dann. Für einen groben Überblick hatte er alles gesehen. Er würde heute Abend mit Pete darüber sprechen, um herauszufinden, ob er etwas übersehen hatte.

Jetzt setzte er sich auf einen Felsbrocken und schaute hinaus auf's Meer.
Und mit den Wellen, die träge auf dem Strand aufliefen, kam auch die Erinnerung an Claudia wieder hoch, füllte seinen Kopf, stieß zu seinem Herz vor, um dann in seinem Bauch zu wüten. Minutenlang saß er still da, unfähig sich zu rühren.

Was hatte das alles noch für einen Sinn ? Warum um alles in der Welt, wollte er sich hier erholen ? Um dann wieder für Herrn Meyer zu arbeiten ? Das war lächerlich. Sich abrackern ? Für wen ? Nicht für sich ! Er brauchte das nicht mehr. Er brauchte gar nichts mehr !

Als die Dämmerung die Konturen langsam verschwimmen ließ, stand er schwerfällig auf und schlurfte zurück.

Das „Dragons Lair" war bereits gut besucht als er ankam. Der Platz am kurzen Schenkel der Bar aber noch frei, also nahm er seinen Platz als stiller Beobachter wieder ein. Bald hatte Pete ihn entdeckt und kam zu ihm herüber.

„Wo habbe se de ganze Daach gesteckt? Ich hatt de Middaach e sche Süppche, da hätte se prima mitesse könne. Ich bring ihne glei mol e paar Schniddcher aber zuerst en frische Schoppe Bier. Heit probiere se unser „Dragons Ale". Des wird nur fer uns gebraut un is zwaafelsfrei des leckerste Ale waat un braat."

Und weg war er, nur um sofort mit einer Flasche Ale und einem Glas zurückzukommen. Beides stellte er vor ihn hin und verschwand dann in der Küche. Das Etikett auf der Flasche sah imposant aus. Ein wilder, Feuer speiender Drache verteidigte ein großes Glas Bier. Na dann Prost!
Er schenkte sich ein und probierte. Ungekühltes Bier war nicht unbedingt sein Fall, aber der Geschmack war OK. Bald darauf erschien Pete mit den Sandwichs und Martin nutzte die Gelegenheit, ihn über den Ort auszufragen.
Läden gab es außer dem Kiosk wirklich keine. Aber niemand vermisste etwas, denn da war ja zwei Mal in der Woche „Paddys rollendes Kaufhaus".
Fischen war schon lange kein Broterwerb mehr. Wer Arbeit hatte, der war in der Stadt angestellt. Hier am Ort hielten sich nur noch einige Handwerker über Wasser. Die Zahl der Arbeitslosen war hoch, sehr hoch.
Als er erzählte, dass er die Klippe aufgeschoben hatte, lachte Pete und meinte nur, wenn man warten wolle bis der Nebel am Kap verschwunden sei, dann müsse man viel Zeit mitbringen. Eher mal vier Jahre als vier Wochen. Außerdem sei der Nebel nur hier unten störend für die Aussicht, oben auf der Klippe war er keine Behinderung.

Dann kamen sie über das Dragons Ale auf den Namen des Pub zu sprechen. Nach einer alten Legende hatte in der Bucht vor vielen Jahrhunderten ein Drache gehaust, der immer wieder die Umgebung heimgesucht hatte, bis dann ein tapferer christlicher Ritter ihn besiegte. Einer Sage nach lebte der Drache aber immer noch, hatte sich nur zurückgezogen, um eines Tages seinen angestammten Platz wieder einzunehmen.

Heute war es wirklich nur Dienstauffassung, die sie durchhalten ließ. Viel hatte sich geändert in den letzten Jahren. Kaum spielte sie abends das Lied, schon erhielt sie Echos ohne Ende. Was war aus der Welt geworden, dass immer mehr Menschen einen Ausweg suchten ? Die Zahl derer, die die Reise antraten war enorm in die Höhe geschnellt. Hätten sie alle real gleichzeitig auf den Inseln sein müssen, es wären nicht einmal genug Stehplätze vorhanden gewesen. Zum Glück war ja Zeit und damit die Gleichzeitigkeit kein Problem. Es waren immer nur ein paar Dutzend zeitgleich auf den Inseln. Masse war dabei leider nicht Klasse. Sie alle scheiterten auf der ersten oder spätestens auf der zweiten Insel. Bis zu ihr kam keiner mehr durch.

Michael war einer der letzten gewesen. Der süße Michael, integer wie er war, hatte er die Inseln in Rekordzeit durchquert und war bei ihr gelandet. Hier hatte er das gefunden, was er immer gesucht hatte. Hatte sich verstanden, akzeptiert, geliebt gefühlt. Bis er ihre Welt durchschaut hatte und nie würde sie diese Abscheu in seinem Gesicht vergessen, als er gegangen war. Nicht heimlich nachts, wie fast alle anderen, sondern offen mit Ankündigung am Tag. Da war kein Gedanke unausgesprochen geblieben und sie hatte tagelang nicht spielen können, kam sich so niedrig vor.

Seither hatte sie nur wenig Freude an ihrer Aufgabe gehabt, dieser Aufgabe, die ihr zu Beginn als so erstrebenswert erschienen war.

Sie durfte nicht zu pessimistisch sein, es wäre ja möglich, dass dieser Martin mal wieder ein Kandidat war der nicht scheiterte, der bis zu ihr kam und ihre trüben Gedanken vertrieb.

Der Tag war ziemlich ereignislos verlaufen. Pete bemühte sich zwar ihm Anregungen zu geben was er unternehmen könnte, aber er war einfach zu antriebslos, mit den Gedanken nicht bei der Sache. Mehr und mehr kam er zu der Überzeugung, dass sein Leben irgendwie gelaufen war. Er hatte nicht wirklich noch etwas zu erwarten, nicht auf dieser Welt.

Und so saß er hier wieder an der Theke. Die Stelle entwickelte sich langsam zu seinem Stammplatz. Das erste Dragons Ale und zwei Sandwichs hatte er bereits hinter sich und jetzt nippte er an seinem zweiten Ale und schaute den Gästen zu, die angeregte Gespräche führten, lachten, sich zuprosteten, einfach entspannt und fröhlich waren. Mittlerweile kannte er die meisten längst, allerdings nur vom Sehen.

„Misch dich e weenisch unner die Leit, des bringt dich uff annere Gedanke", hatte Pete ihn ermuntert. Aber was sollte er mit den Leuten reden, er verstand ja Pete kaum mit seinem Slang. Außerdem waren ihre Themen nicht seine und umgekehrt. Das hatte er lieber sein gelassen.

Da wurde er aus seinen Gedanken aufgeschreckt, ein neuer Gast war hereingekommen, ein Gesicht, das er noch nicht kannte. Der Neue war groß, sicher deutlich über Einsachtzig, mit schulterlangen, schütteren Haaren die von blond bis grau changierten und einem dichten grauen Vollbart. Und dann dieses Gesicht, wettergegerbt, von tiefen Furchen durchzogen. Und es strahlte eine Melancholie aus, die man schier mit Händen greifen konnte. Gekleidet war er mit einer ausgewaschenen Jeans über dicken Stiefeln und einem großkarierten Hemd in Braun- und Rottönen. Auf dem Rücken trug er eine Art Sack, eine Schutzhülle, eine Gitarre wahrscheinlich. Er schaute sich kurz um, blieb einen Moment mit seinem Blick an Martin hängen, nickte Pete zu und ging zu einem kleinen Tisch an einem der Fenster, ziemlich genau diagonal gegenüber von Martins Sitzplatz. Er entledigte sich seiner Rückenlast, die er an die Wand lehnte und ließ sich dann auf einem Stuhl nieder.

Martin überlegte, wie alt der Neue wohl sein mochte. Er würde ihn auf Mitte Sechzig schätzen, eher älter. Auf jeden Fall war es der interessanteste Typ, den er bisher hier gesehen hatte. Pete war zwar ein Original, aber der andere strahlte etwas aus, eine interessante Lebensgeschichte, da hätte Martin drauf gewettet.

Immer wieder erwischte er sich, wie er den Neuen beobachtete. Der wiederum saß einfach da, trank nichts und schien zu meditieren. Warum fragte Pete ihn nicht nach seinen Wünschen, sie schienen sich doch zu kennen. Vielleicht gerade deshalb ?

„Hey Mike, spiel uns des Lied, mer wolle e bische träume !", rief da einer der Gäste dem Neuen zu.

„Geht nicht Geoff, du weißt doch, so trocken bekomme ich keinen Ton heraus."

„OK ! Pete, zapf dem alte Mike mal e Pint uff mei Rechnung, damit er sei Stimm öle kann."

Das schien so eine Art eingeübtes Ritual zu sein, denn sofort fing Pete an zu zapfen, der alte Mike packte seine Gitarre aus, holte noch eine Mundharmonika mit Gestell aus der Hülle, während die Gespräche im Schankraum nach und nach verstummten. Als das Bier vor ihm stand, nahm Mike erst einmal einen gigantischen Schluck, der das Glas beinahe leerte, setzte das Mundharmonika-Gestell auf, griff die Gitarre und fing an zu spielen.

Er spielte nicht laut und auch seine Stimme war nicht durchdringend. Aber er sang so deutlich, dass Martin fast jedes Wort verstand, denn im Schankraum war es von einer Sekunde auf die andere mucksmäuschenstill.

Er sang ein Lied von verzauberten Inseln, die irgendwo da draußen im Meer lagen. Dort wurden alle Wünsche wahr. Jeder konnte dorthin gelangen, er musste nur ganz intensiv mit seinem Herzen suchen. Es war aber auch gefährlich diese Reise anzutreten, denn wessen Herz nicht rein war, der war für immer dort gefangen und verdammt.

Die Melodie hüllte ihn ein, drang in sein Herz, füllte seine Augen mit Tränen. Noch nie hatte ein Lied ihn so berührt und als der alte

Mike geendet hatte, blieb eine leere Stelle in ihm, wo eben noch das Lied war.

Mike spielte noch andere Lieder, aber er registrierte es kaum. Das erste Lied, das von den Inseln, das wollte er wieder hören. Er fragte Pete nach dem „Alten Mike" und der lachte.

„Des is nämlich enn Juchendfreund von mir. Mer sinn zusamme in die Schul gegange unn nach dem Dood von seine Ellern hat enn moin Vadder uffgenomme unn hier wohnt er heit ab unn zu noch. Unn so alt is der aach garnet, mer sinn fast gleichalt, nur acht Daach dezwische unn dies Johr wedde mer Vierunfuffzisch."

Als er dann fragte, ob Mike eventuell das Lied noch einmal für ihn spielen würde, lachte Pete noch mehr.

„Gar kaa Problemm ! Se spendiere dem aafach e Glas Guinness unn dafeer spielt der ihne wos se wolle. Des geht aach kaam uff die Nerve, die Leit liebe des Lied. An manche Abende hat er des schon zehmol gespielt."

Er spendierte Mike das Bier. Pete brachte es und redete kurz mit ihm. Mike prostete ihm zu und dann spendierte er ihm das Lied.

Es berührte ihn fast noch mehr, als beim ersten Mal. Bilder erschienen vor seinem inneren Auge, Bilder von wunderschönen Inseln, die wie eine Enklave des Friedens im rauen Meer lagen und auf ihn warteten. Er war wie weggetreten.

Als er wieder zu sich kam, war Mike gegangen und die Gespräche füllten wieder den Raum. Er hatte auch keine Lust mehr zu bleiben und verzog sich nach oben.

In dieser Nacht hat er von den Inseln geträumt.

Am nächsten Morgen beim Frühstück brachte Martin das Thema wieder auf den alten Mike.

„Wisse se de Mike hat em Leewe veel Pech gehobt. Saan Vadder hot er nie geseeje, der is korz voor de Geburt uff See verunglickt. Donn konnt er net uff die heejer Schul, waals Geld gefehlt hot, dabei worrer met Obstand de beste Schüler in de Klass. Nooch de Schul hot er donn kaa Lehrstell gefunne unn musst sich met Geleeschenheitsjobs dorschschloche. Unn, als ob des alles noch net genuch wär, is aach soi Mudder noch gestorwe alser grod mol Achtzeh wor. Donn worrer pletzlich verschwunne unn is erst nooch acht Johr widder uffgedaacht. Awwer er wor net mehr de Selwe. Seither zieht er in de Geeschend erum, so wie frier die Barde. Er singt fer e Esse, fer e Bier orrer fer e Bett. Die Waiwer sinn gonz scharf uffen, misse se wisse. Unn monchmol wohnt er aach hier, ich howwem sa Zimmer immer noch fraa gehalle. Wenn se irschendwos iwwer die Geeschend hier wisse wolle, is de Mike genau de Rischdische, der kennd all die oale Geschischde. Hat all vom Nat iwwernomme, des wor aach so aaner, deen hawwe all de alte Nat geruufe."

Martin war wie elektrisiert. Sofort fragte er Pete, ob Mike ihm vielleicht die Gegend zeigen könne und ihm dabei die passenden Geschichten erzählen würde. Das sollte kein Problem sein, meinte Pete. Er müsste nur etwas Geld springen lassen als Führerlohn. Dann bot Pete an, dass er Mike sofort fragen würde, wenn der das nächste Mal auftauchte. Das war allerdings ungewiss, denn Mike kam und ging wann er wollte. Martin sagte ihm, das solle er bitte tun und auch gleich einen Führerlohn vereinbaren, den er für angemessen halte. Danach hatte Pete zu tun und Martin musste sein Frühstück alleine beenden, alleine mit der Frage, wie er den Tag überbrücken sollte und ob Mike heute Abend im Pub sein würde.

Er hatte seinen Stammplatz im Pub bereits früh eingenommen, war pünktlich zur Öffnungszeit erschienen. Jetzt saß er hier und behielt die Tür im Auge, dabei trank er Dragons Ale und stopfte einige Sandwichs in sich hinein, die Pete vor ihn hingestellt hatte. Er war nervös, wie vor seiner ersten Verabredung. Doch der Abend verging und Mike ließ sich nicht blicken. Enttäuscht ging Martin auf sein Zimmer.

Auch an den beiden nächsten Abenden wartete Martin vergebens. Mike war wie vom Erdboden verschluckt. Pete hatte sogar einige Leute gefragt, aber niemand hatte ihn gesehen.

Dann am Samstag war er plötzlich da. Eine Stunde vor Ende der Öffnungszeit kam er durch die Tür und wurde direkt von Pete abgefangen. Sie redeten einen Moment zusammen und dann kam Mike an die Bar und setzte sich so an die Ecke, dass sie miteinander reden konnten, ohne den Hals zu verrenken.

„Pete sagt, sie interessieren sich für die Gegend und die Geschichten dazu. Das ist ungewöhnlich, denn heutzutage interessiert sich niemand mehr für Überlieferungen und den Sinn, der in ihnen steckt."

Martin versicherte ihm, dass das bei ihm anders sei. Die Landschaft sei so toll, dass er sich gar nicht vorstellen könne, dass hier nicht hinter jedem Felsen eine Geschichte lauere. Mike lachte, die Antwort schien ihm zu gefallen. Und, als er lachte, drehte er den Kopf so, dass Martin zum ersten Mal seine Augen bei Licht sehen konnte. Und was waren das für Augen, flaschengrün das rechte, zweifarbig das linke, senkrecht geteilt in eine flaschengrüne und eine hellblaue Hälfte. Sofort musste er an seine eigenen Augen denken. Auch bei ihm war es so, nur die Farben waren andere, er hatte anderthalb dunkelblaue und ein halbes braunes Auge. Gaukler-Augen, hatte seine Oma ihn immer geneckt, und, wenn ihn das ärgerte, hatte sie hinzugefügt, dass man mit solchen Augen jedes Mädel verführen konnte. Martin erzählte Mike davon und der hörte aufmerksam zu, drehte dann Martins Kopf so, dass er die Farben sehen konnte und nickte.

„Gaukler-Augen, den Begriff kennt man hier nicht. Aber das mit den Mädchen, das kann ich bestätigen."

Damit war das Eis gebrochen. Sie unterhielten sich noch eine Weile und vereinbarten dann, dass sie am nächsten Morgen den ersten Ausflug unternehmen wollten. Führerlohn wollte Mike nicht, er meinte unter Gauklern mit den entsprechenden Augen sei das nicht üblich. Nur etwas Proviant sollten sie mitnehmen, der Ausflug würde länger dauern. Martin stimmte zu und sagte ihm, Mike habe in der Proviant-Frage freie Hand, die Abrechnung würde über Pete laufen, der alles auf die große Rechnung schrieb.

„Des wor laachtsinnisch!" war Petes Kommentar, der den Rest ihrer Unterhaltung zufällig mitgehört hatte.

Am Sonntagmorgen, nach dem Frühstück, ging Martin zum vereinbarten Treffpunkt vor den Eingang des Pubs. Mike wartete bereits, stand abmarschbereit neben einem kleinen Bollerwagen auf dem der Sack mit seiner Gitarre lag. Darunter halb verborgen war der Proviant, eine Kiste Dragons Ale und vier Sandwichs, wie sich später herausstellte.

„Ohne Bier kommen die alten Geschichten nicht heraus !" war Mikes Kommentar, der Martins erstaunten Blick bemerkt hatte. Mike öffnete schon mal eine Flasche für unterwegs, bot Martin auch eine an, was der dankend ablehnte und dann zogen sie los. Nicht in Richtung des Kaps, wie Martin leicht enttäuscht feststellte, sondern genau zur anderen Seite.

Zuerst gingen sie unten am Strand entlang, liefen nebeneinander her, Mike immer den Bollerwagen im Schlepptau. Mike konnte reden, Bier trinken, den Wagen ziehen und dabei trotzdem ein Tempo vorlegen das Martin außer Atem brachte.
Nach einer Weile bogen sie dann ab auf einen schmalen Pfad der sie hoch in die Felsen führte. Jetzt mussten sie hintereinander gehen und so war an Reden nicht mehr zu denken. Der Pfad schraubte sich in Serpentinen immer höher und Martin wurde es leicht mulmig zumute. An einer Seite war immer die Felswand und an der anderen ging es steil in die Tiefe und mit jeder Kehre wurde der Abgrund tiefer. So kletterten sie bestimmt eine Stunde bergauf, bis sie hinter einer Biegung auf ein Plateau stießen. Es war etwa fünfzehn Meter lang, fünf Meter breit und wurde in zehn Meter Höhe überwölbt von einem auskragenden Felsen. In der Mitte des Plateaus lag der fünf Meter breite Eingang einer Höhle.

Mike steuerte zielstrebig auf einen Felsen zu, der fast wie eine Bank geformt war, setzte sich darauf, stellte den Bollerwagen mit dem Proviant in Griffweite und, als auch Martin sich gesetzt hatte, fing er an zu erzählen.

„Das ist Dragons Lair, die wirkliche Behausung des Drachens. Hier oben war er sicher, unangreifbar und hatte die ganze Bucht im Blick. Hier schwang er sich in die Lüfte und machte seine Inspektionsflüge über das Land, sein Revier, das er zusammen mit dem Druiden verwaltete. Die beiden waren die letzte Instanz in allen Dingen. Sie gaben Rat, regelten Streitfragen und hielten Gericht."

Was dann folgte war eine ausführliche Abhandlung über die Drachen und Druiden. Ein Druide fand seinen Drachen durch die Harmonie der Seelen. Er schickte seine Seele hinaus, dorthin wo die Drachen flogen und, sobald ein Drache diese Seele gewählt hatte, blieben sie zusammen bis der Druide starb. Drachen sterben nicht. Drache und Druide wurden von den Menschen geachtet, sorgten sie doch für Ruhe und Frieden. Als einmal ein Druide von Menschen ermordet wurde, die seinen Richtspruch nicht akzeptieren wollten, da verwüstete der rasende Drache den gesamten Landstrich, der seitdem als verflucht gilt. Bis heute ist dort kein Ort mehr gegründet worden.

Mit dem Aufkommen des Christentums verloren die Druiden mehr und mehr an Macht, zogen sich zurück und gerieten in Vergessenheit. Mit ihnen verschwanden auch die Drachen. So mancher Ritter rühmte sich einen Drachen besiegt zu haben, aber das war alles Legende. Die Drachen wollten nicht kämpfen mit den Menschen, die sie in ihr Herz geschlossen hatten und so zogen sie sich lieber zurück in Verstecke, die die Menschen nicht finden konnten. Dort leben sie heute noch, sind sie doch unsterblich und warten darauf, dass die Druiden zurückkehren und sie gemeinsam wieder das Land verwalten zum Segen der Menschen.

Die Höhle wurde dann später als Versteck benutzt, als Rückzugsort vor den Engländern, die das Land eroberten. So mancher dachte dabei sehnsüchtig an die Zeit der Druiden und Drachen. Unter deren Herrschaft hätte das nicht geschehen können.

Martin inspizierte noch die Höhle, die sehr geräumig war und mehrere Seitenkammern hatte. Man konnte sich gut vorstellen, dass hier ein so mächtiges Tier wie der Drache gehaust hatte.

Dann verspeiste Martin die Sandwichs, Mike spielte einige Schmuggler- und Piratenlieder und dabei genossen sie den Ausblick über Bucht und Meer.

Kurz vor Sonnenuntergang machten sie sich auf den Heimweg. Mike hatte seine Hälfte des Proviants aufgebraucht ohne dass man ihm das sonderlich anmerkte. Vor dem Pub angekommen verabschiedeten sie sich, nicht ohne einen Termin für den nächsten Ausflug vereinbart zu haben. Bereits am nächsten Tag wollten sie wieder losziehen.

An diesem Abend hielt es ihn nicht lange im Pub. Nur schnell ein paar Sandwichs gegessen, Pete erzählt, dass der Tag gut gelaufen war und ihn auf einen weiteren Proviant-Auftrag von Mike vorbereitet, dann ging er auf sein Zimmer. Er war müde, körperlich wie geistig. Der lange Marsch und die Geschichten, denen er mit seiner ganzen Aufmerksamkeit zugehört hatte, forderten ihren Preis.

Er träumte viel in dieser Nacht und er träumte intensiv.

Unten am Strand stand Martin und sah zur Höhle hinauf, zu Dragons Lair. Im Höhleneingang erschien ein riesiger Drachen, schritt zum Rande des Plateaus und streckte seine gewaltigen Flügel. Erschreckend war er in der Präsenz seiner Kraft und Macht, aber gleichzeitig von einer berauschenden Ästhetik. Seine Schuppen schillerten in allen Farben, Muster bildend, die er von alten keltischen Abbildungen kannte. Mit elegantem Schwung hob der Drache ab vom Plateau. Ihn in der Luft zu sehen war ein Erlebnis ohne gleichen. Wenn der Begriff ‚Herrscher der Lüfte' auf etwas zutraf, dann auf dieses Wesen. Mit wenigen Flügelschlägen hatte er sich in die Höhe geschraubt, als wolle er sich einen Überblick verschaffen. Klein wie ein Spielzeug kreiste er da oben, ohne dabei etwas von seiner machtvollen Ausstrahlung zu verlieren. Jetzt kippte er über einen Flügel ab und schoss wie ein Pfeil nach unten, direkt auf Martin zu. Merkwürdigerweise spürte der dabei keine Spur von Angst. Mit einem kurzen Ausbreiten der Flügel stoppte der Drache ab und landete sanft am Strand, direkt vor Martin. Der gewaltige Kopf beugte sich herab und die goldenen Augen fixierten ihn. Diese Augen schauten direkt in Martins Seele, direkt in sein Herz. Minutenlang standen sie sich so gegenüber und dann geschah etwas Merkwürdiges. Der Hals des Drachens streckte sich und für den Bruchteil einer Sekunde legte er seinen Kopf an Martins Wange. Dann, als sei er selbst erschrocken darüber, zuckte der Drache zurück, schwang sich in die Lüfte und verschwand im Nebel vor dem Kap.

Martin schoss aus dem Schlaf hoch, saß senkrecht im Bett, fasste mit der Hand an seine Wange, spürte immer noch die zarte Berührung des Drachens. Hatte er das wirklich geträumt ?

Früh am Montagmorgen zogen sie wieder los. Der Proviant war aufgefüllt und diesmal waren acht Sandwichs und einige Äpfel an Bord, Martin hatte das mit Pete so vereinbart, denn er konnte nicht von Bier leben, wie Mike es anscheinend liebte.

Diesmal zogen sie in Richtung Kap, wie Martin erfreut feststellte. Vom Strand führte ein sanft geschwungener Pfad hinauf, kein Vergleich mit dem gestrigen Aufstieg. Die erste Rast legten sie am ‚Lookout Point' ein, einer kleine Felsterrasse, von der man einen guten Ausblick auf die Bucht hatte.

„Hier stand früher ein Wachposten.", erzählte Mike. „Von hier konnte dieser sowohl das Meer, als auch den Zugang von der Hochebene im Auge behalten. Kamen irgendwelche Fremden, dann blies er auf seinem Horn. Vier Signale musste er beherrschen: Gefahr von See, große Gefahr von See, Gefahr von Land und große Gefahr von Land. Wenn es sein musste, blies er auch jede erdenkliche Mischung. In Abhängigkeit von den Signalen griffen die Einwohner zu ihren Waffen, um die Fremden zu inspizieren oder sie schnappten ihre wertvollste Habe und versteckten sich in den Höhlen bis die Gefahr vorüber war. Der Wachposten musste allerdings sehen, wo er blieb. Auf dieser Seite gab es keine Höhlen zum Verstecken und manchmal waren die Fremden ärgerlich über den Warner."

Das Erzählen hatte Mike durstig gemacht und er genehmigte sich eine Flasche Dragons Ale, während Martin einen Sandwich und einen Apfel vertilgte. Dann zogen sie weiter.

Bald kamen sie zu einer Mulde, die halbkreisförmig von Felsen und Gestrüpp umgeben war und dadurch wie ein kleines Amphitheater wirkte.

„Das ist der Gerichtsplatz, hier wurde im Angesicht der Götter Recht gesprochen. Auch der Drache konnte hier gut landen. Strafen wurden meistens direkt vollstreckt, bis hin zur Todesstrafe, bei welcher der Delinquent von einem Felsvorsprung gestoßen wurde, an dem wir noch vorbeikommen."

Erschöpft von dieser Erzählung, genehmigte sich Mike eine weitere Flasche.

Um die Mittagszeit hatten sie dann ihr Ziel erreicht. Fast an der höchsten Stelle des Kaps, zeigte Mike ihm einen versteckten kleinen Einschnitt. Hier war man geschützt vor dem Wind und hatte einen herrlichen Blick über die Bucht und das Kap. Sie ließen sich den Proviant schmecken, wobei Mike sogar ein Sandwich nicht verschmähte. Dann unternahm Martin einen Vorstoß.

„Sag mal Mike, könntest du vielleicht das Lied von den Inseln spielen, ich würde es gerne noch einmal hören."

Mike brummte etwas Unverständliches, holte dann aber seine Gitarre heraus, feuchtete die Kehle mehrmals an und spielte das Lied. Spielte erst lange nur die Melodie. Martin schloss die Augen und ließ sich einspinnen, einspinnen in einen sanften Kokon aus Tönen, einen Kokon, der die Realität aussperrte und den Geist bereit zum Träumen machte.
Dann begann Mike zu singen. Nicht so laut und kräftig wie im Pub, sondern leise und zögernd, als ob ihm die Worte gerade erst in den Sinn kämen. Die Wirkung war umwerfend. Sofort erschienen in Martins Kopf wieder die Bilder von den Inseln, wie sie friedlich im Meer lagen, eine Zuflucht für seine gequälte Seele. Als er die Augen wieder öffnete, hatte Mike die Gitarre wieder eingepackt. Dabei hörte Martin die Melodie immer noch, sanft und lockend schien sie ihn zu rufen.

„Wir müssen jetzt zurück ! Ich habe heute noch etwas vor."

Mike wirkte plötzlich schroff und abweisend und auf dem Rückweg redeten sie kaum. Am Pub angekommen, wollte Martin einen neuen Termin ausmachen, Mike aber ließ sich nicht festlegen.

„Die nächsten Tage sind ungünstig, da habe ich anderswo Verpflichtungen. Ich komme danach wieder im Pub vorbei und dann sehen wir.", war alles was Martin ihm entlocken konnte. Und weg war er.

Seltsam dieser unerwartete Stimmungswandel. Was war geschehen ?

Nachdenklich ging Martin auf sein Zimmer.

Abends saß Martin im Pub, in der Hoffnung, dass Mike doch noch erscheinen würde, aber der ließ sich nicht blicken. Zum Ende der Öffnungszeit ging er dann nach oben und legte sich ins Bett.

Auch in dieser Nacht träumte er ganz intensiv.

Martin lag in dem Einschnitt oben auf dem Kap und schaute den Wolken nach, die träge dahin zogen. Da drang etwas an sein Ohr. Erst ganz leise, dann aber immer stärker, fordernd. Die Melodie, das Lied von den Inseln. Irritiert setzte er sich auf, woher kam die Melodie ? Sie schallte von unten herauf, vom Meer. Sie schien aus dem Nebel vor dem Kap zu klingen. Verrückt, denn dort konnte nichts sein. Jetzt verstummte die Melodie und der Drache erschien am Himmel, kreiste über dem Nebel, verharrte kurz, um dann hinein zu tauchen. Und als er hinein tauchte, verflüchtigte sich der Nebel und gab den Blick frei auf eine Insel. Felsenküste mit einem kleinen Hafen, um den sich wenige Häuser scharten. Das war sie, eine von den Inseln, auf denen die Wünsche wahr werden, da war er sich ganz sicher.

Dieser Gedanke weckte ihn auf und er starrte in die Dunkelheit. Hatte das Lied recht ? Gab es die Inseln wirklich ? Alles war so real erschienen, nicht wie ein Traum. Morgen würde er wieder zum Einschnitt gehen und nachprüfen, was es damit auf sich hatte. Dazu brauchte er keinen Mike, denn er kannte ja mittlerweile den Weg.

Mit diesem Vorsatz schlief er wieder ein.

Am nächsten Morgen hatte Martin es eilig. Er verzichtete auf die Cornflakes, bestellte Rührei und Schinken ab und schlang nur schnell ein paar Toasts herunter. Danach steckte er ein paar Äpfel ein für unterwegs und verabschiedete sich von Pete mit dem Hinweis, dass er wieder ein bisschen die Gegend anschauen gehe und weg war er.

Der Weg hinauf auf die Klippe kam ihm heute viel kürzer vor. Schnell erreichte er ‚Lookout Point', kurz danach passierte er den Gerichtsplatz, um bald darauf sein Ziel zu erreichen. Vorsichtig betrat er den Einschnitt, mit einem Gefühl im Magen, als betrete er eine Kathedrale.

Die Aussicht war wieder einzigartig. Bucht, Dorf und Klippen im hellen Sonnenlicht und mittendrin, wie ein verwunschener Ort, die Nebelbank mit dem Ziel seiner Wünsche. Angestrengt starrte er in den Nebel, versuchte ihn zu durchdringen, Formen zu erkennen. Und der Wunsch etwas zu sehen, ließ ihn auch den Hafen erahnen und Schemen der Häuser entdecken und wieder verlieren. Als seine Augen zu schmerzen begannen, gab er auf. Dort unten war nur Nebel und sonst nichts.

Enttäuscht ließ er sich ins Gras sinken und schaute den Wolken zu, die gemächlich vorbei zogen und dabei laufend ihre Form änderten. Aber heute waren es nur Wolken, keine Drachen erschienen, um ihm Dinge zu zeigen.

Als er so da lag und gen Himmel blickte, wurde er sanft eingelullt von der Melodie der Inseln, die ihm erzählte, dass er dort all seinen Kummer vergessen würde, all seine Sorgen würden sich in Nichts auflösen und die Tage würden verfliegen auf einer Wolke des Glücks und der Zufriedenheit.

Dann, in dem kurzen Moment zwischen Wachen und Schlaf, schreckte er auf. Die Melodie, er hörte die Melodie ! Benommen richtete er sich auf und blickte hinunter zum Nebel. Aber da war kein Nebel mehr.

Im gleißenden Sonnenlicht lag dort die Insel, er konnte jede Einzelheit erkennen, den Hafen, die Häuser und die Menschen, die auf einer Wiese um einen großen Tisch versammelt waren. Da wurde ein Fest gefeiert!

Er spürte eine tiefe Sehnsucht in sich. Dort wollte er auch sein, unbeschwert feiern und fröhlich sein und die ganze beschissene Gegenwart hinter sich lassen.

Als der Nebel sich dann wieder herab senkte und die Insel verschwand, da fühlte er sich betrogen, betrogen um eine Zukunft, die ihm, zum Greifen nahe, wieder gestohlen worden war. Lange saß er da und schaute auf die Bucht, wusste, dass er heute nichts mehr sehen würde. Er konnte aber den Blick nicht abwenden, spürte in sich die Nähe des Ortes zu dem es ihn mit aller Macht hinzog.

Nach einiger Zeit verflog sein Ärger und machte einer Vorfreude Platz. Jetzt, wo er wusste, dass die Insel da war, würde er auch dorthin gelangen. Es war nur eine Frage der Zeit, da war er sich sicher. Lächelnd stand er auf und schlenderte gemütlich hinunter ins Städtchen, das ihm nur noch kurze Zeit als Zwischenstation dienen würde.

Vorfreude war auch das, was Gwynneth in sich spürte. Er war reif, er war eindeutig reif für die Reise. Einige Tage würde sie noch warten, warten müssen, wenn sie die Regeln nicht verletzen wollte. Doch das war nur Formsache. Sie hatte die tiefe Sehnsucht in Martin gespürt, das übermächtige Verlangen zur Insel zu gelangen. Er würde wiederkommen, immer wiederkommen, bis sie ihm dann die Überfahrt erlaubte.

Danach würde es nicht lange dauern, bis er bei ihr eintraf. Die Inseln konnten ihm nichts anhaben, zu rein war seine Seele und ohne Falsch sein Herz. Erst bei ihr würde er verweilen, ihre langen Tage verkürzen und ihre dunklen Nächte erhellen. Gemeinsam würden sie den Blick von der Terrasse genießen und sie würde herausfinden, was seine spezielle Begabung war. Jeder, der bisher durchgekommen war, hatte so eine Begabung gehabt, eine Begabung, die sie in seinen Bann gezogen hatte. Nathaniels Phantasiegeschichten, denen sie heute noch nachtrauerte oder Michaels Lieder, voller Lebensfreude, aber auch voller Melancholie. Nur Menschen konnten so widersprüchliche Gefühle in sich vereinigen.

Vorfreude, ja es war eindeutig Vorfreude. Zum ersten Mal seit Jahren lächelte sie wieder, als sie sich an den Flügel setzte um zu spielen.

Die Tage hatten jetzt einen festen Ablauf. Aufstehen, kurz frühstücken, die Vesper-Vorräte einpacken und dann hinauf auf die Klippe. Dort saß er dann den ganzen Tag, starrte in den Nebel oder schaute in den Himmel und wartete, wartete darauf, dass die Insel wieder erscheinen würde.

Pete war richtig glücklich. Sein Gast war beschäftigt und erschien ihm auch nicht mehr so bedrückt. Gerne packte er ihm ein Päckchen mit Vorräten für unterwegs. Ein paar Sandwichs, etwas Obst, manchmal ein wenig Schokolade.

„Wenn se so weidermache, dann kenne se die Geschend bald besser als ich", scherzte er mit Martin abends an der Theke. „So eifrisch, wie se jeden Daach unnerweschs sinn, wern se bald zum Ehrebürscher ernannt."

Martin gab die Komplimente zurück, lobte die Schönheit der Landschaft, die frische Luft und wurde nicht müde zu betonen, wie gut ihm der Aufenthalt tat. So war Pete beruhigt und er konnte in Ruhe seinen Gedanken nachhängen und sich auf den nächsten Tag freuen, wenn er wieder auf der Klippe sein konnte.

So auch heute. Die Sonne schien zwar nicht, aber es war trocken und windgeschützt, wie der Einschnitt war, konnte man es prima aushalten. Er hatte gerade einen Sandwich verspeist und biß in einen Apfel, als ihm der Bissen im Hals stecken blieb. Der Nebel war weg, von einer auf die andere Sekunde war er verschwunden und gab den Blick auf die Insel frei. Ein Loch in den Wolken ließ die Sonne durch, die die Szene in strahlendes Licht tauchte. Als die Wolken langsam weiter wanderten, wanderte auch der Lichtfleck, weg von der Insel, über das Meer und an den Fuß der Klippe, wo er ein kleines Boot beleuchtete. Es lag direkt an der Wasserlinie, so wie es jemand zurücklässt der nicht lange weg bleibt. Die Ruder hingen sogar noch über Bord und wurden von den Wellen sanft hin und her bewegt. Das war es, das war das Zeichen auf das er gewartet hatte. Dieses Boot würde ihn zur Insel bringen, doch er musste sich beeilen, denn sonst war die Chance vielleicht vertan. Bereits vor Tagen hatte er den schmalen Pfad entdeckt, der in vielen Kehren direkt hinunter zum

Meer führte und den er jetzt hinab raste, getrieben von der Angst zu spät zu kommen. Doch dann stand er am Boot, völlig außer Atem aber glücklich. Flugs schob er es ins Wasser, sprang hinein und ruderte los.

AUF DEN INSELN

Kaum war er einige Meter gerudert, kam der Nebel wieder und verschluckte Martin samt Boot. Und mit der Sicht verschwanden auch alle Geräusche. Nur noch das Plätschern der Wellen und das Eintauchen der Ruder war zu hören. Jede Orientierung ging verloren und er war sich nicht sicher, ob er nicht im Kreis ruderte. Irgendwie wirkte das alles irreal und außerhalb jeder Zeit. Er hätte später nicht mehr sagen können, wie lange er gerudert war, als er plötzlich geblendet die Augen schloss. Langsam gewöhnten sich seine Augen wieder an die Helligkeit und er sah hinter sich noch die Nebelwand durch die er gerade gestoßen war. Als er sich umdrehte erblickte er die Insel, der Hafen nur ein paar Dutzend Meter entfernt. Kein Mensch war zu sehen, aber er hörte fröhliche Stimmen. Sicherlich mehrere Minuten saß er in seinem Boot und ließ die Szene auf sich wirken. Endlich war er am Ziel und aus der Nähe sah der Hafen mit den Häusern noch einladender aus als oben von der Klippe. Dann fiel die Starre von ihm und er legte sich in die Ruder um das Ufer zu erreichen. Mit einem vernehmlichen Knirschen lief das Boot auf Grund und der Ruck warf ihn einfach um. Als er sich wieder aufgerafft hatte, stieg er aus dem Boot und zum ersten Mal fühlten seine Füße den Boden der Insel. Es war ein gutes Gefühl, wie eine Heimkehr nach langer Abwesenheit.

Langsam ging er den Strand hinauf. Oben, vor den Häusern, lag ein gepflastertes Sträßchen das an der einen Seite am Hafen endete und an der anderen Seite zwischen zwei Hügeln verschwand. Wieder hörte er die Stimmen, sie kamen von jenseits der Häuser. Das Haus direkt vor ihm war ein Pub, neben dem ein schmales Gässchen nach hinten führte. Zögernd ging er hinein, am Haus vorbei und blieb abrupt stehen. Hinter dem Pub breitete sich ein zauberhafter Garten aus. Schmale Wege zwischen gepflegten Beeten, Blumenhecken und dahinter, unter ausladenden Obstbäumen, ein langer Tisch, an dem eine ausgelassene Runde am Feiern war.

„Schaut mal, wir haben Besuch!" Ein Mann in der Runde hatte ihn entdeckt und jetzt blickten ihn alle freundlich an.
„Komm doch her und setze dich zu uns. Sebastian hat Geburtstag und jeder der gratuliert, ist bei der Feier willkommen."

Martin ging hinüber, gratulierte und schon saß er mit am Tisch, aß von den Häppchen und trank das leckere Ale das in unendlicher Menge vorhanden war. Dabei war er dauernd in Gespräche verwickelt, Anekdoten wurden erzählt und jeder war mal Ziel des gutmütigen Spotts der anderen. Er taute nach und nach auf, erzählte auch von sich und gab seinen Kommentar zu den Geschichten der anderen. Nach eins, zwei Stunden hatte er das Gefühl alle bereits ewig zu kennen. Spät in der Nacht brachte man ihn dann auf ein Zimmer im Pub und selig lächelnd schlief er ein.

Am nächsten Morgen brauchte er einige Minuten, bis er seine Gedanken sortiert und sich zurecht gefunden hatte. Er war auf der Insel und es war schön hier. Noch nie war er so vorbehaltlos aufgenommen worden, hatte sich gleich als Teil der Gemeinschaft gefühlt. Nur sein Kopf brummte noch ein wenig, er hatte in seinem Überschwang wohl doch eins, zwei Ales zu viel getrunken.

Im Zimmer war ein kleines Waschkabinett, dort wusch er sich kurz übers Gesicht und putzte sich die Zähne, dann ging er hinunter. Im Schankraum war niemand, aber draußen von der Straße waren Stimmen zu hören. Als er hinaus kam, wurde er mit großem Hallo empfangen.

„Da kommt ja unser Langschläfer. Gerade noch rechtzeitig, in fünf Minuten wären wir weg gewesen. Komm her Martin und pack mit an. Wir machen Picknick in den Hügeln, du wirst sehen es ist wunderschön dort."

Schon hatte ihm jemand einen Korb in die Hand gedrückt und es ging los. Erst die Straße entlang und zwischen den Hügeln hindurch. Dann bogen sie auf einen schmalen Weg ab der auf den Hügel führte. Bereits nach kurzer Zeit waren sie inmitten von breiten Wiesen mit hüfthohem Gras, das sich im Wind wiegte. Die Brise vom Meer ließ das Laufen nicht zur Anstrengung werden. Martin spazierte dahin, wie im Traum, genoss den Blick aufs Meer, plauderte mit diesem oder jenem aus der Gruppe und war einfach glücklich.

Sie mochten so etwa drei Stunden marschiert sein, als sie ein kleines Wäldchen erreichten. Dort im Schatten der Bäume, mit Blick auf den Hafen und das Meer, breiteten sie die Decken aus und starteten das Picknick. Nach der langen Wanderung erfrischte das erste Ale hervorragend. Aus den Körben tauchten köstliche Snacks auf, die er mit weiterem Ale herunter spülte. Darauf folgte ein kleines Nickerchen, wie es viele in der Gruppe machten. Dann, nach einem weiteren Imbiss, packten sie zusammen und machten sich auf den Heimweg. Martin hatte leichte Schwierigkeiten geradeaus zu gehen, was von den anderen mit Witzchen bedacht wurde.

„Unser Kindchen hätte wohl besser Milch getrunken!"
„Eins von den Bierchen wird doch nicht schlecht gewesen sein?"
„Trink noch ein Schlückchen, auf einem Bein kann man nicht stehen!"

Und wirklich, nach einem weiteren Bier und eingehakt bei zwei Freunden, kam er dann lachend und scherzend mit den anderen nach Hause. Kaum in seinem Zimmer angekommen, lag er schon auf dem Bett und war eingeschlafen.

Stimmen dröhnten in seinem Kopf, hartnäckige Stimmen, die ihn nicht weiterschlafen ließen, sosehr er sich auch gegen das Aufwachen wehrte.

„Martin wach auf, du verpasst ja das Beste wenn du den ganzen Tag schläfst. Maureen und Bob haben Jahrestag, das feiern wir am Hafen."

Jetzt wurde er auch noch geschüttelt und das gab den Ausschlag. Er kapitulierte und schlug die Augen auf. Herbert stand an seinem Bett und redete auf ihn ein.

„Sieh zu das du runter kommst oder die anderen sind sauer auf dich."

Mühsam richtete er sich auf. Bleigewichte hingen an seinen Augenlidern und der Geschmack im Mund war grauenhaft. „Man müsste sich waschen und die Zähne putzen", war der Kommentar seiner einen Gehirnhälfte.
„Oder besser alles mit ein paar Bier runter spülen", meinte die andere.
Und das gefiel ihm viel besser. Schnell zog er sich an und eilte hinunter zum Hafen.

Dort war schon ein munteres Treiben im Gange. Überall standen und saßen Leute die sich ein deftiges Frühstück schmecken ließen und jeder hatte eine Bierflasche in der Hand deren Inhalt man zum Nachspülen benutzte.

Auch Martin schloss sich sofort an und hatte Sekunden später zwei Sandwichs in der einen und eine Flasche Ale in der anderen Hand. Und es dauerte nicht lange und er fühlte sich wieder leicht und beschwingt. Ein schöner Tag.

Nachmittags war die Feier zu Ende und er ging mit Robert zurück ins Pub. Man war sich einig, dass die Feier viel zu früh geendet hatte und der Durst noch lange nicht gelöscht sei. Also nahmen sie kurzerhand einen Kasten Ale mit auf Martins Zimmer und ließen noch ein paar Flaschen rein laufen.

Von diesem Tag an hatte Martin immer einen Kasten Ale auf seinem Zimmer. Man wusste ja nie, wann der Durst kam.

Und so vergingen die Tage. Eigentlich war immer etwas los: irgendein Grund zum Feiern oder ein Ausflug, eine gemütliche Runde im Pub oder ein Plausch auf dem Zimmer. Martin war ständig beschwingt und guter Laune und wenn er sich mal nicht so gut fühlte, dann gab es ja jederzeit genug Bier.

Eines morgens, er war gerade aufgewacht, hörte er Stimmen. „Martin komm runter, der Frühschoppen wartet!"

„Was mache ich hier eigentlich?" schoss es ihm da durch den Kopf. „Was verbindet mich mit diesen Leuten?"

„Martin, wenn du nicht bald kommst, ist das Bier alle!"

„Ich kenne die doch kaum. Wir betrinken uns immer nur gemeinsam und das täglich."

„Martin, jetzt kommen wir dich holen!"

„Das kann doch nicht für den Rest meines Lebens so weiter gehen. Das ist doch kein Leben!"

Als er jetzt Schritte auf der Treppe hörte, gab das den Ausschlag. Er sprang aus dem Bett und raffte seine Kleider zusammen. Dann öffnete er das Fenster, warf die Kleider hinunter und sprang dann hinterher.

„Martin, hier ist das Abholkommando und wir nehmen Dich so mit wie Du gerade bist. Das hast Du jetzt davon."

Blitzschnell schnappte er seine Kleider und drückte sich in die Ranken an der Hauswand unter dem Fenster.

„Nanu, wo ist er denn? Ich hätte schwören können, dass er noch auf seinem Zimmer ist. Vielleicht ist er am Hafen. Lasst uns nachschauen."

Martin atmete auf und zog sich schnell an. Dann schlich er hinten um das Haus herum und schaute um die Ecke. Sie liefen am

Hafen entlang und riefen seinen Namen. Aber nicht lange, dann zuckten sie mit den Schultern und verschwanden wieder im Pub. In der Deckung einiger Büsche hastete er zum Hafen und, glückliche Fügung, da lag das Boot. Das Boot mit dem er gekommen war. Sofort schob er es ins Wasser, sprang hinein und ruderte als ob der Teufel persönlich hinter ihm her sei. Nach wenigen Augenblicken verschlang ihn der Nebel.

Als er mit dem Boot aus dem Nebel kam, dachte er im ersten Moment, er habe wieder die selbe Insel erreicht. Ein Hafen, eine Straße, einige Häuser. Doch beim näheren Hinsehen bemerkte er die Unterschiede. Der Hafen hatte eine umlaufende Mole, keinen Sandstrand. Das große Haus war kein Pub, sondern ein Hotel und die Straße davor hatte einen Bürgersteig. Alles wirkte etwas städtischer.
Er steuerte das Boot zur Leiter an der Mole und band es fest. Dann stieg er aus und kletterte die Leiter hinauf. Jetzt war er da, war auf der zweiten Insel und bereits ganz gespannt, was sie ihm bringen würde.
Sein erster Weg führte ihn in das Hotel, der Mensch braucht einen Ort zum Schlafen. Das Innere des Hotels wirkte noch älter als das Äußere. Solche Hotels kannte er nur aus Filmen. Auf der einen Seite der Eingangshalle einige leere Sitzgruppen aus kleinen Sesseln mit verblassten Bezügen, dazwischen winzige Tische und eingestaubte Palmen in Holzkübeln. Auf der anderen Seite eine Theke aus dunklem Holz, wohl der Empfang. Dahinter, in einem altmodischen Kostüm mit langen, gewellten, braunen Haaren ein extrem hübsches Mädchen das ihn freundlichen anlächelte.

„Der Herr sucht ein Zimmer ?" sprach sie ihn an.

Er nickte und ging hinüber zur Theke. Die Formalitäten waren schnell erledigt. Er musste sich nur ins Gästebuch eintragen. Keine Fragen nach seinem Gepäck oder einer Kreditkarte. Keine Angaben über die Länge seines Aufenthalts. Keine Entscheidungen über Raucher, Meerblick oder sonstige Ausstattungsdetails. Es genügte sein Name im Gästebuch und schon hatte er eingecheckt.

„Mein Name ist Jennifer. Wenn Sie irgendwelche Fragen oder Wünsche haben, dann zögern Sie bitte nicht und kommen zu mir", sagte sie noch und drehte sich dann zur Seite.
„Moira, bitte bringe den Herrn auf Zimmer 106 !"

Und wie aus dem Nichts tauchte ein weiteres Mädchen auf. Etwas kleiner, blond mit einer Pagenfrisur. Auch sie überdurchschnittlich hübsch, was auch durch das altmodische Kostüm nicht beeinträchtigt wurde.

„Bitte folgen Sie mir !"

Und schon war er unterwegs, quer durch die Halle, eine dunkle Treppe mit Landschaftsbildern hinauf, einen noch dunkleren Flur entlang und dann hatten sie Zimmer 106 erreicht. Die ganze Zeit hatte er den Blick kaum von der erfreulichen Rückansicht seiner Führerin abwenden können.
Er spürte, wie ihm warm wurde.
Das Zimmer war, wie das Hotel, klein, altmodisch eingerichtet, aber gemütlich und mit Meerblick.

„Wir legen großen Wert darauf, dass unsere Gäste sich wohl fühlen", sagte Moira und fing an ihre Kostümjacke aufzuknöpfen.

Wie gebannt starrte er auf ihre Hände, die Knopf für Knopf öffneten und mehr und mehr nackte Haut entblößten. Mit einer fast gelangweilten Bewegung schnickte sie die Jacke von den Schultern, ließ dann die Arme hängen und die Jacke rutschte aufreizend langsam an ihren Armen hinunter und landete auf dem Boden. Da machte es irgendwo in Martins Gehirn „Klick" und sein Verstand war ausgeknipst.

Als er langsam wieder zu sich kam, lag er nackt auf dem Bett. Moira kniete neben ihm und musterte ihn aufmerksam.

„Mann oh Mann, musst Du ausgehungert gewesen sein. So einen wilden Wolf habe ich ja noch nie erlebt. Aber mach nur weiter so !!" sagte sie und ließ sich lachend neben ihn sinken.
„Eigentlich sollen unsere Gäste sich wohl fühlen und zufrieden sein, aber es schadet auch nichts, wenn das Personal zufrieden ist, hochzufrieden."

Da fiel ihr Blick auf die Uhr und sie schreckte hoch, erzählte irgend etwas von „Dienst", „Ewigkeiten vergangen", „Ärger mit der Chefin", dabei hatte sie sich in Windeseile angezogen und schon war sie weg.

Er lag noch eine Weile auf dem Bett und schaute die Decke an. Sein Gefühl sagte ihm das ihm diese neue Insel gefallen würde.

Als es anfing dunkel zu werden, zog er sich an und ging hinunter, um irgend etwas Essbares aufzutreiben, denn sein Hunger meldete sich jetzt vernehmlich. Hinter dem Empfang stand immer noch Jennifer und er fragte sie, ob er hier im Hotel essen könne.

„Wenn Sie nicht hier im Hotel essen möchten, werden Sie ein Problem bekommen !" war die schnippische Antwort. „Wir haben hier weit und breit das einzige Restaurant."

Was war nur los mit ihr ? Er hatte ihr doch gar nichts getan.

In diesem Moment kam eine grinsende Moira aus dem Hintergrund und bot sich an, ihn an seinen Tisch im Restaurant zu führen. Da hatte er so eine Ahnung, warum Jennifer so merkwürdig war. Die Buschtrommel hatte wahrscheinlich sofort getrommelt.

Das Restaurant war klein und er musste seinen Tisch mit einem anderen Gast teilen. Das störte ihn wenig, denn der andere Gast entpuppte sich als rothaariges, sommersprossiges, weibliches Energiebündel. Ihr Name war Eleonore und sie verbrachte hier ihre Reitferien. Während des gesamten Essens schwärmte sie ihm von ihrem Pony vor, was ihm die Zeit ließ fasziniert auf ihre hüpfenden Brüste zu starren, die unter dem dünnen T-Shirt deutlich zu sehen waren.

Als sie nach dem Essen fragte, ob er noch auf einen Drink mit an die Bar käme, war er natürlich sofort dabei. Doch unterwegs an der Treppe, bog sie plötzlich mit ihm ab.

„Vielleicht ist es besser, wenn wir auf mein Zimmer gehen. Was sollen die Leute an der Bar denken, wenn Du weiter so auf meinen Busen starrst ?"

Und so nahmen die Dinge ihren Lauf und er konnte sich davon überzeugen, dass sie wirklich eine gute Reiterin war, die nicht nachließ, bis sie mit ihm das Ziel erreicht hatte. Irgendwann, mitten in der Nacht, erreichte er ziemlich mitgenommen sein Zimmer.

Am nächsten Morgen, als er zum Frühstück ging, kam er am Empfang vorbei, hinter dem Jennifer stand.

„Guten Morgen Herr Wolf!", begrüßte sie ihn mit einem verschmitzten Lächeln.

„Mein Name ist Vogel, nicht Wolf", antwortete er leicht verärgert, was sie zu einem Lachen animierte.

„Komisch, ich könnte schwören, dass da etwas mit Wolf war. Bitte kommen Sie doch mal mit in mein Büro, da muss noch etwas geklärt werden."

Martin folgte ihr ins Büro, wo sie auf ihrem breiten Schreibtisch anfing nach Unterlagen zu suchen. Dabei beugte sie sich weit nach vorne und, Absicht oder nicht, ihr Rock rutschte nach oben und entblößte einen knackigen Apfelpo, dessen Schönheit nicht von einem störenden Höschen beeinträchtigt wurde. Diesem Reiz konnte er nicht widerstehen und Jennifer quittierte sein Eindringen mit einem wohligen Stöhnen. Martin lernte mit wachsendem Staunen, was man auf einem großen Schreibtisch so alles treiben kann.

„Ich kann die Unterlagen jetzt gerade nicht finden Herr Wolf, komme aber bei Gelegenheit darauf zurück. Genießen Sie ihr Frühstück, Herr Wolf!"

Und damit war Herr Wolf-Vogel entlassen und hatte etwas zum Nachdenken.

Und so vergingen die Tage mit Moira, die immer, wenn es ihr Dienst zuließ, in seinem Zimmer auftauchte. Und es vergingen die Nächte mit Eleonore, die Gefallen an den Reitstunden gefunden hatte. In der Zeit dazwischen schlief Martin meistens, abgesehen von den wichtigen Dingen, die in Jennifer's Büro zu klären waren.

Als er eines morgens zum Frühstück nach unten gehen wollte, traf er auf dem Flur das Zimmermädchen. Er war ihr bereits öfter begegnet und hatte wohl wahr genommen, wie gut ihr der Kittel stand, der nicht wie ein Sack an ihr hing, sondern ihre Figur hervorragend zur Geltung brachte.

„Ich weiß genau, was du denkst !", sprach sie ihn an. „Du fragst dich, ob ich unter dem Kittel wohl noch etwas an habe."

Bingo !! Genau daran hatte er gerade gedacht.

„Ich mag diesen Forschergeist bei Männern, aber hier im Flur können wir diese Frage nicht klären."

Und schon hatte sie ihn in die Wäschekammer gezogen, wo er sich überzeugen konnte, dass sie nichts, aber auch rein überhaupt nichts unter dem Kittel trug. Außerdem lernte er, dass man in einer Wäschekammer durchaus ein gemütliches Plätzchen zum Kuscheln finden konnte. Nur sein Frühstück, das verpasste er an diesem Morgen.

Also ging er zurück auf sein Zimmer und legte sich aufs Bett, denn seine Knie waren ein wenig wackelig. Da musste er dann wohl eingeschlafen sein.

Er wachte davon auf, dass ein Körper, zweifelsfrei ein Frauenkörper, sich an ihn schmiegte.

„Da wirst du wenig Glück haben!", sagte er eingedenk der letzten Nacht mit Eleonore und dem Morgen mit dem Zimmermädchen.

„Das lass mal meine Sorge sein!" war die Antwort und sanfte Lippen begannen seinen Hals zu liebkosen.

Martins Sicherheit, dass er recht behalten würde, hielt nur so lange an, bis ihre Lippen den Nabel-Äquator überquerten. Dann wurde er unsicher und zwanzig Zentimeter später stand seine Niederlage fest.

Mit einem triumphierenden „Wusst ich's doch!!" schwang sie sich auf ihn.

„Was mache ich hier eigentlich ?" ging es Martin später durch den Kopf. „Ich verbringe meine Tage nur noch damit, mit irgendwelchen Frauen zu schlafen. Frauen, die ich kaum oder wie gerade überhaupt nicht kenne. Mit denen mich nichts verbindet außer dem Bett. Das kann doch nicht für den Rest meines Lebens so weiter gehen. Das ist doch kein Leben !"

Er zog sich an und, um jeder unerwünschten Begegnung aus dem Wege zu gehen, verließ er das Hotel über die Feuertreppe. Dann rannte er schnell zum Strand und dort lag tatsächlich sein Boot. Sofort schob er es ins Wasser, sprang hinein und ruderte los. Nach wenigen Augenblicken verschlang ihn der Nebel.

Seinem Gefühl nach war er noch nicht sehr lange gerudert, als sich der Nebel wieder auflöste. Er drehte sich um und es lag erneut eine Insel vor ihm. Allerdings unterschied sie sich deutlich von den vorangegangenen. Es sah alles industriemäßig aus. Mehre Anlegestege für Schiffe und an Land eine Reihe von Lagerhallen. Überall hektische Geschäftigkeit. Martin war erst einmal platt. Das sah so überhaupt nicht nach erfüllten Wünschen aus.

Als er noch staunend mit seinem Boot an einem Steg entlang trieb, wurde er plötzlich angesprochen.
„He, junger Mann ! Was machen Sie hier? Das ist Firmengelände und Sie sehen nicht so aus, als ob Sie zum Arbeiten unterwegs wären. Wenn Sie allerdings Arbeit suchen, sind Sie hier genau richtig. Ich könnte noch einen Lagerarbeiter gebrauchen, der bei der Zusammenstellung der Transporte hilft. Haben Sie Interesse ?"

Eine halbe Stunde später trug Martin einen grauen Overall und schob mit einem Karren Kisten von Halle zu Halle. Seine anderen Kleider lagen in seinem Zimmer, denn zu dem Job gehörte auch ein Zimmer in einem tristen Wohnheim hinter den Lagerhallen. Er fragte sich schon, welcher Teufel ihn geritten hatte ja zu sagen, aber jetzt war er dabei und würde das Beste daraus machen.

Es dauerte nicht lange bis er bemerkte, dass die Arbeit ausgesprochen schlecht organisiert war. Die Kisten wurden eine nach der anderen aus den Hallen geholt um die Lieferungen zusammen zu stellen. Das führte aber dazu, dass man oft störende Kisten zur Seite räumen musste, um an die gewünschten Kisten zu kommen. Und genau diese störenden Kisten wurden wenige Minuten später dann auch noch benötigt. So packte man Vieles zwei oder drei mal an. So ein Unsinn.

Also ging er zu seinem Chef und machte den Vorschlag, dass die Lieferlisten an der Hallenwand angepinnt wurden, so dass man nachschauen konnte ob eine Kiste später noch gebraucht wurde. Der war von der Idee angetan und ordnete an, dass es zur Probe so durchgeführt wurde.

Der Erfolg war durchschlagend. Das Zusammenstellen der Lieferungen ging jetzt deutlich schneller und Martin wurde zum Vorarbeiter befördert. Das bedeutete einen weißen Kittel und ein größeres Zimmer im Wohnheim.

Martin stürzte sich mit Elan in seine neue Arbeit. Er bereitete jetzt die Lieferlisten vor, nach denen geladen wurde. Schon bald kam ihm die Idee, dass man eine Menge Zeit sparen konnte, wenn man den Ladeprozess in zwei Phasen teilen würde. In Phase eins müsste man die Kisten für die nächsten Lieferungen aus der Halle holen, unabhängig von der Reihenfolge der Lieferungen. Aus den so vorsortierten Kisten, würden in Phase zwei dann die Lieferungen zusammengestellt. Dazu müsste man aber zwei Listen erzeugen, eine für die Vorsortierung ohne Lieferungsbezug und eine, wie bisher für die Lieferungen. Er redete mit dem zuständigen EDV-Spezialisten und der meinte, dass sei recht einfach zu bewerkstelligen. Also ging Martin wieder zum Chef, stellte seine Idee vor und er bekam erneut das OK für einen Probelauf.

Der Erfolg war diesmal noch größer. Nicht nur, dass der ganze Prozess viel schneller lief, sondern auch die Fehlerquote ging deutlich zurück. Da man für das eigentliche Zusammenstellen der Lieferungen nun weniger Leute vorsehen musste, konnte man dafür die besten nehmen, die mit dem geringsten Fehleranteil.

Martin wurde darauf hin zum Abteilungsleiter befördert und zog um in eine Wohnung im Haus für die gehobenen Angestellten. Auch Kittel war nicht mehr angesagt, sondern Jackett und Schlips.

Und so ging es weiter. In jeder Position, die er antrat, entdeckte er Dinge, die man verbessern konnte. Viele Nächte hängte er daran auszutüfteln, wie man sie verbessern konnte. Immer fiel ihm etwas ein und jedes Mal war er erfolgreich. Es dauerte nicht lange und er war im Vorstand, hatte ein eigenes Haus, einen Wagen mit Chauffeur und trug natürlich nur noch Maßanzüge.

So saß er auch jetzt, am späten Abend in seinem Büro und feilte wieder an einer Optimierungsmaßnahme, als ihm unvermittelt ein Gedanke durch den Kopf schoss.

„Was mache ich hier eigentlich ? Ich verbringe meine Tage nur noch damit, irgendwelche Arbeitsprozesse zu optimieren. Dabei weiß ich bis heute nicht, was wir eigentlich produzieren und ausliefern. Ich habe zwar eine schönes Haus, doch ich sehe es nur zum Schlafen, wenn überhaupt. Das kann doch nicht für den Rest meines Lebens so weiter gehen. Das ist doch kein Leben !"

Kurz entschlossen verließ er sein Büro und ging zum Eingang, wo sein Chauffeur geduldig auf ihn wartete.

„Zum Hafen ! Dorthin, wo die Lagerhallen sind."

Bald waren sie angekommen und Martin stieg aus.

„Soll ich warten ?" fragte sein Chauffeur.

„Nein John ! Fahren Sie ruhig nach Hause. Ich gehe dann zu Fuß. Die frische Luft wird mir gut tun."

Kurz darauf war er allein. Langsam ging er auf den Steg hinaus und tatsächlich, vertäut an der Leiter lag noch sein Boot. Schnell stieg er hinunter und sprang hinein. Nachdem er seine Jacke ausgezogen hatte, löste er die Leine und ruderte los. Ruderte schnell und gleichmäßig und bald hatte ihn der Nebel verschlungen.

Es war wie bei den vorherigen Inseln.
Er war gefühlt noch nicht sehr lange gerudert, als sich der Nebel erneut auflöste. Schon bevor er sich umdrehte, hörte er lautes Stimmengewirr. Als er sich dann umgedreht hatte, lag zwar erneut eine Insel vor ihm, aber vor der Insel herrschte reges Treiben. Sport-Ruderboote aller Größen waren unterwegs.
Der Insel vorgelagert war ein riesiger Hafen, der offenbar eine Regattastrecke enthielt. Zu mindestens waren da Bahnmarkierungen zu erkennen. Hinter dem Hafen lagen jede Menge flacher Gebäude, augenscheinlich Bootsschuppen. Und in der Ferne zweistöckige Häuserblocks mit dem Aussehen von Kasernen, wahrscheinlich die Unterkünfte für die vielen Ruderer.
Vorsichtig ruderte er Richtung Hafen, immer auf der Hut vor den herumwuselnden Booten. Endlich hatte er eine Anlegestelle erreicht, stieg aus und machte sein Boot fest. Als er die Treppe hinaufgehen wollte, stand plötzlich ein Mann im Trainingsanzug vor ihm und sprach ihn an.
"Macht das denn Spaß in so einem alten Kahn zu rudern?"
"Zumindest kannst du ja rudern, sonst wärst du nicht übers Meer gekommen."
"Hättest du nicht Lust mal in einem richtigen Boot zu sitzen?"
"Zufällig ist in unserem Achter ein Mann ausgefallen und es wäre schade für die anderen sieben, wenn der Wettkampf nicht stattfinden könnte."

Und schon saß Martin im Achter, hätte beim Einsteigen aber fast das Boot zum Kentern gebracht. Die Anderen begrüßten ihn lachend, waren sie doch froh einen Ersatzmann gefunden zu haben. Das Rennen war dann allerdings nicht so erfolgreich. Martin mühte sich zwar, hatte aber einfach Probleme den Rhythmus der anderen Ruderer aufzunehmen. So blieb nur ein ehrenvoller letzter Platz.
Im Gegensatz dazu war der Trainer mit ihm zufrieden.
"Du hast Potential."
"Kraft und Ausdauer sind OK."
"Und das mit der Technik kann man lernen."
"Wenn du also Lust hast, nehme ich dich ins Nachwuchsprogramm auf."

Eine Stunde später teilte sich Martin im Trainingszentrum ein Zimmer mit Manfred, dem Ruderer, der im Achter vor ihm gesessen hatte. Eingekleidet war er auch schon, von der Sportunterwäsche bis zum Trainingsanzug. Manfred klärte ihn dann auch über die Insel auf. Sie war ein internationales Trainingszentrum für Rudersport. Wer hierher kam, gehörte zu den nationalen Talenten und konnte sich deshalb schon etwas darauf einbilden.
Fein, dachte Martin, dann bin ich jetzt also ein nationales Talent und kann mir etwas darauf einbilden. Trotz aller Ironie fühlte er sich doch gut bei dem Gedanken.

Das Witzemachen verging ihm am nächsten Tag sehr schnell, als das Training anstand. Doch es machte auch Spaß zu spüren, wie er von Tag zu Tag immer besser wurde. Die Zeit verging wie im Flug. Rudertraining, Krafttraining, Techniktraining.
Dazwischen die Mahlzeiten und in der Freizeit abhängen mit den anderen Jungs, wobei sich die Gespräche fast ausschließlich ums Rudern drehten. Am Wochenende fanden dann immer Wettkämpfe statt. Die einzelnen Trainingsgruppen traten gegeneinander an, um Veränderungen im Leistungsstand festzustellen.

Nach einem solchen Wettkampf nahm ihn der Trainer beiseite.
"Du hast dich prächtig entwickelt."
"Leider kannst du deine volle Leistung nicht einbringen, weil du dich dem Leistungsstand der anderen im Achter anpassen musst."
"Ich habe deshalb beschlossen, dich in den Doppelvierer zu stecken, wo du dich besser entfalten kannst."

So kam er in den Doppelvierer zu Randy, Roland und Rick. Er ersetzte dort Rufus, wodurch die vier "R" gesprengt waren. Deshalb wurde er erst einmal mit Zurückhaltung begrüßt. Als die drei aber bemerkten, dass sie mit Martin deutlich besser wurden, war er bald herzlich aufgenommen. Es dauerte nicht lange und sie waren in den Wettkämpfen nicht mehr zu schlagen.

Aber natürlich hatte der Trainer weiter ein Auge auf ihn und machte ihm nach relativ kurzer Zeit ein Angebot.
"Du bist ein Ausnahmetalent, dazu fleißig und wissbegierig."
"Auch im Vierer wirst du nicht dein volles Potential entfalten."
"Deshalb kannst du, wenn du willst, ab sofort im Einer rudern."
Das schmeichelte Martin natürlich und er nahm an. Und einmal angestachelt, kniete er sich so richtig rein und machte freiwillige Extraeinheiten.
Das zahlte sich umgehend aus und die wöchentlichen Einer-Rennen wurden zu seiner Domäne.

Bei einer seiner täglichen Extraschichten, traf ihn die Erkenntnis plötzlich wie ein Schlag und er hielt mitten auf dem Wasser an.
"Was mache ich hier eigentlich?"
"Ich schinde mich Tag für Tag, habe keine Zeit für andere Dinge, habe keine Freunde mehr, weil mein Ehrgeiz alle abschreckt."
„Und das alles nur für einen Sieg am Wochenende."
"Das ist verrückt!"

Rasch ruderte er zum Hafen zurück. Nur ganz kurz ging er auf sein Zimmer um sich umzuziehen. Im Trainingsanzug eilte er zurück zum Hafen und stieg in seinen "alten Kahn".
Es dauerte nur einen Moment und er wurde vom Nebel verschluckt.

Martin ruderte durch den Nebel.

Wieder hatte er eine Insel verlassen, weil er dort nicht die Erfüllung gefunden hatte, die er suchte. So viele Inseln hatte er jetzt bereits besucht. Alle hatten ihn im ersten Augenblick angesprochen, hatten etwas von dem, was er suchte. Doch früher oder später hatte sich herausgestellt, dass sie nicht das halten konnten, was sie auf den ersten Blick versprachen. Zu einseitig waren ihre Reize, konnten ihn nicht auf Dauer fesseln. Eins war ihm inzwischen klar geworden: Erfüllung hieß nicht Übermaß von Einem, sondern genau die richtige Dosis von Vielem. Und so hatte er sich immer wieder auf den Weg gemacht, so wie auch jetzt, um aufs Neue zu suchen.

Viele Gedanken gingen ihm durch den Kopf. Was waren das für Inseln ? Wer hatte sie erschaffen ? Wer sorgte dafür, dass sich dort Wünsche erfüllten ? Das konnte alles kein Zufall sein, da musste ein Plan dahinter stecken. Würde er je die Antwort darauf finden ?

Da wurde sein Sinnieren jäh unterbrochen, denn der Nebel verschwand. Sofort drehte er sich um, um zu sehen, wo er dieses Mal gelandet war.

Wieder eine Insel! Aber sie war irgendwie anders. Kein Hafen, keine Ansiedlung, keine Menschen. Nur eine breite Bucht, rechts und links von Felsen begrenzt. Ein schmaler Strand, Sand oder Kies, und dahinter ein Hügel, der sanft zu beträchtlicher Höhe aufstieg. Bedeckt war er von einer Wiese, die nur ab und an von einigen Felsen und Baumgruppen durchsetzt war. Ein idyllischer Ort!

Und oben auf der Anhöhe, kaum noch zu erkennen, doch ein Haus. Ein flaches Cottage mit einer breiten Terrasse davor. Und auf der Terrasse eine Gestalt, ein schmaler dunkler Schattenriss. Offensichtlich eine Frau, die zu ihm herunter schaute.

Martin zögerte, war verwirrt von dem Szenario, das er so nicht erwartet hatte. Doch dann legte er sich wieder in die Ruder, seinem neuen Ziel entgegen.

Schnell hatte er den Strand erreicht und sprang aus dem Boot. Der Blick den Hügel hinauf nahm ihn auch von dieser Position aus sofort wieder gefangen. Alles wirkte so sanft, so harmonisch, wie komponiert von einem genialen Landschaftsarchitekten. Der Blick wurde automatisch hinauf gelenkt, hinauf zu dem Haus.

Die Gestalt auf der Terrasse war jetzt besser zu erkennen. Es war wirklich eine Frau. In einem langen dunklen Kleid, das sich eng an ihren Körper schmiegte, stand sie da. Lange dunkle Haare verdeckten beinahe ihr Gesicht. Und sie schaute zu ihm herunter, schien in ihn hinein zu blicken. Er spürte ihre Blicke direkt in seiner Seele und sie erzeugten ein sanftes Kribbeln in seiner Magengegend. Diese Frau hatte eine starke Ausstrahlung, eine Ausstrahlung, die er selbst auf diese Entfernung deutlich spürte.

Langsam begann er den Hügel zu besteigen. Auf der einen Seite angezogen von dieser außergewöhnlichen Frau, auf der anderen Seite total verunsichert von ihrer enormen Aura.

Dann stand er vor ihr. Sie war nicht so groß, wie es von unten ausgesehen hatte, ging ihm gerade mal bis an die Schulter. Sie war auch nicht schön, schön im Sinne des perfekten Glamours. Aber ihre Augen waren wie zwei dunkle Seen, in denen man sich verlieren kann und das unmerkliche Lächeln, das um ihre Lippen spielte, erwärmte sein Herz.

„Willkommen Martin, ich habe dich bereits erwartet. Sicher hast du viele Fragen, aber habe noch ein wenig Geduld. Zuerst will ich dir das Haus zeigen, danach werden wir gemeinsam essen und anschließend setzen wir uns auf die Terrasse. Dann ist Fragestunde.."

Obwohl alle Fragen am liebsten aus ihm herausgesprudelt wären, nickte er nur stumm und folgte ihr nach Drinnen.

Das Cottage war nicht sehr groß. Der größte Raum war das Zimmer das an die Terrasse anschloss. Dort gab es einen Essplatz mit einem kleinen Tisch und zwei Stühlen neben dem ein zierlicher Geschirrschrank an der Wand stand. Dann eine Couch am Kamin und etwas seitwärts am Fenster ein Flügel mit einer Bank davor. Er war so angeordnet, dass man ihn auch von der Couch aus noch im Blickfeld hatte. Der Raum war nüchtern, enthielt keinerlei schmückende Accessoires außer einem großen silbernen Horn, das über dem Kamin hing. Und doch strahlte er eine ungeheure Gemütlichkeit und Vertrautheit aus. Martin war, als ob er hier schon Jahre verbracht hätte.

Außer diesem Wohnzimmer gab es noch eine Küche, ein Bad mit Toilette, ein Schlafzimmer und ein Gästezimmer. Aber alle waren gerade so groß, das man sich nicht eingeengt fühlte. Und draußen auf der Terrasse standen zwei Liegestühle mit einem flachen Tisch dazwischen. Dieses Cottage war ganz klar nur für eine Person ausgelegt, höchstens zwei, wenn sie gut miteinander auskamen oder für gelegentlichen Besuch.

Dann kam das Essen. Er musste sich an den Tisch setzen und sie servierte. Es war ein einfaches Mahl. Kartoffeln und dazu Gemüse, die es um diese Jahreszeit gab. Alles exotisch aber dezent gewürzt. Als Getränk stand ein Krug mit Wasser auf dem Tisch, dass aus den geschliffenen Kelchen köstlicher schmeckte als Wein.

Martin musterte immer wieder verstohlen seine Gastgeberin. Zu gerne hätte er Fragen gestellt, aber er traute sich nicht. Sie schien seine Unruhe zu bemerken, denn ab und an umspielte wieder dieses Lächeln ihre Lippen. Dieses Lächeln, das sein Herz hüpfen ließ.

Nach dem Essen räumten sie gemeinsam ab und legten sich dann in die Liegestühle auf der Terrasse. Martin bemerkte erst jetzt die grandiose Aussicht, die man von hier oben hatte. War der Blick hinauf bereits beeindruckend gewesen, so wurde er doch von dem Panorama, das sich hier oben bot, bei weitem übertroffen. Der Hang mit den perfekt arrangierten Baumgruppen und Felsen und dahinter das Meer. An einer besseren Stelle hätte man die Terrasse nicht anlegen können.

„Beginnen wir mit den einfachen Dingen" eröffnete seine geheimnisvolle Gastgeberin das Gespräch.
„Mein Name ist Gwynneth und ich bin die Herrin dieser Inseln. Dies ist die letzte Insel, die nur die erreichen, die stark in sich sind. Ich habe Deinen Weg mit Interesse verfolgt und bemerkt, dass Du mit seichten Genüssen nicht auf Dauer zu fesseln bist. Und so bist Du hier und ich entbiete Dir noch einmal mein Willkommen, Martin."

Damit waren bei Martin alle Dämme gebrochen und die Fragen sprudelten nur so aus ihm heraus. Gwynneth hörte sich alles geduldig an und beantwortete alle Fragen. Viel zu schnell verging die Zeit.

„Das ist genug für heute!" stoppte sie seine Fragen. „Wir reden morgen weiter. Es gibt genug Zeit für alle Fragen, wir müssen nicht hetzen." Nachdem sie ihn zum Gästezimmer gebracht hatte, verschwand sie in ihrem Schlafzimmer.

Gwynneth lag auf ihrem Bett und schaute versonnen zur Decke. Das Lächeln umspielte wieder ihre Lippen, als sie den Abend Revue passieren ließ.

Jetzt war er da und er war genau so, wie sie es erwartet hatte. So offen, ohne Falsch. Neugierig im positiven Sinne, denn er war auf der Suche, auf der Suche nach etwas, was er selbst nicht kannte. Etwas, was alle Fragen beantwortete und seinem Leben einen echten Sinn geben würde.

Sie wusste bereits jetzt, dass sie ihm nicht würde widerstehen können, war bereits besiegt von seinem reinen Herzen und seinem grenzenlosen Wissensdurst, der sich nicht mit halben Antworten zufrieden gab. Auch wenn genau diese Eigenschaften bereits den Keim der Trennung in sich trugen, noch bevor es begonnen hatte.

Auch Martin lag auf seinem Bett und konnte nicht schlafen. All die Antworten gingen ihm noch einmal durch den Kopf, während er versuchte sich ein umfassendes Bild zu machen und doch immer wieder nur auf neue Fragen stieß.

Gwynneth war die Herrin der Insel. Dazu hatte sie vor langer Zeit der Drache gemacht. Der Drache, der all die Inseln geschaffen hatte. Und dieser Drache hatte auch die Regeln aufgestellt, nach denen ein Mensch auf die Inseln gelangen konnte und nach denen er seinen Weg auf ihnen ging. Gwynneth war also nur eine Art Statthalterin des Drachens, gebunden an seine Regeln, genau wie die Menschen. Das klang alles ganz einleuchtend, aber da waren noch ein paar Punkte die der Klärung bedurfte.

Morgen würde er weiter fragen. Und langweilig würde ihnen dabei nicht werden. Ein sicheres Gefühl sagte ihm, dass es in ihrer Gegenwart sowieso nie langweilig werden würde. Und mit einem Lächeln schlief er doch ein.

Der nächste Tag begann mit einem Frühstück auf der Terrasse. Sie hatten den kleinen Esstisch und die Stühle nach draußen geholt und genossen einen wunderschönen Morgen. Das Meer lag still im Sonnenschein und die Seevögel zeigten ihre Flugkunststücken über den Wellen.

Nach dem Frühstück lud Gwynneth ihn zu einem Rundgang über die Insel ein. Die Insel war nicht groß und es existierten keinerlei befestigte Wege. Außer dem Cottage gab es keine Gebäude, nur Wiesen, kleine Wäldchen, dazwischen immer wieder Felsen. Alles erinnerte an einen großen Park und die Aussicht war überall atemberaubend.

„Wo liegen eigentlich die anderen Inseln?" fragte er Gwynneth. „Bei diesem Wetter müsste man sie doch sehen können. Ich hatte nie den Eindruck, dass ich weit durch den Nebel gerudert bin. Apropos Nebel, wo ist der ewige Nebel geblieben?"

Da erzählte ihm Gwynneth etwas über die Eigenheiten der Inseln. Die Inseln an sich gab es gar nicht. Sie entstanden aus den geheimen Sehnsüchten und Wünschen der Menschen die hierher kamen. Und jeder Mensch hatte seine eigenen, speziellen Inseln. War eine Sehnsucht gestillt und der Mensch verließ die Insel, dann verschwand sie sofort und aus der nächsten ungestillten Sehnsucht entstand auch die nächste Insel. Der Übergang wurde jeweils vom Nebel verhüllt.

„Und die Menschen? Was ist mit den anderen Menschen auf den Inseln? Sind das Leute, die die selben Sehnsüchte haben?"

„Nein! Auch sie entstehen nur damit das Wunschbild komplett wird. Enthält das Wunschbild keine Menschen, dann ist man alleine. Und Du würdest staunen wie viele Menschen sich, zu mindestens vorübergehend, die Einsamkeit wünschen."

Schweigend gingen sie weiter, hingen ihren Gedanken nach und genossen das Panorama.

In der Nacht lag Gwynneth auf ihrem Bett und dachte nach. Martin hatte genau so weiter gemacht, wie sie es erwartet hatte. Er würde so lange fragen, bis er alles über die Inseln und ihre Herrin erfahren hatte. Sie würden eventuell nicht so viel gemeinsame Zeit haben wie sie gehofft hatte.

Kurz entschlossen stand sie auf.

Martin lag auf seinem Bett und die Gespräche mit Gwynneth gingen ihm wieder und wieder durch den Kopf. Sie beantwortete alle seine Fragen, zeigte keine Vorbehalte, schien sogar daran interessiert, dass seine Neugier befriedigt wurde. Und doch, je mehr er erfuhr, um so unklarer wurde das Bild.

Oder war er nur abgelenkt durch ihre Gegenwart. Er fühlte sich so wohl bei ihr, hätte sie am liebsten immer um sich gehabt, auch jetzt. Was war nur mit ihm los ?

In diesem Augenblick ging die Tür auf und Gwynneth trat ein. Ihre Augen waren geschlossen, schlafwandelte sie ? Zielstrebig kam sie zum Bett und legte sich hin. Sie kuschelte sich an ihn und lag dann still. Ein zufriedenes Lächeln lag auf ihren Lippen.

Martin wagte kaum zu atmen, aus Angst sie könne aufwachen. Total angespannt lag er da und bereits jetzt signalisierte ein Kribbeln in seinem linken Arm, dass dieser bald einschlafen würde. So verging die Zeit. Immer wieder schaute er sie an und irgendwann wurde ihm klar, was mit ihm los war. Er hatte sich verliebt, hatte sich verliebt in die geheimnisvolle Herrin der Inseln. Und jetzt lag sie neben ihm. Erwiderte sie etwa seine Gefühle ? Fragen, immer wieder neue Fragen.

Über all den Fragen schlief er dann doch ein.

Als er am nächsten Morgen aufwachte, war der Platz an seiner Seite leer. Hatte er vielleicht nur geträumt ?

Nach dem Frühstück lagen sie draußen auf den Liegestühlen und ließen sich die Sonne ins Gesicht scheinen.

„Gwynneth, wie viele Menschen halten sich eigentlich im Moment auf den Inseln auf?"

„Willst Du die genaue Zahl wissen oder reicht es Dir, wenn ich sage, dass es viele sind, sehr viele."

Es reichte ihm, denn er hatte sich bereits so etwas gedacht. Doch dann wollte er wissen, was wohl passiert, wenn gleichzeitig zwei Menschen die letzte Insel erreichen. Diese Frage konnte sie nicht beantworten, denn der Fall war noch nicht eingetreten. Da war er bei der Frage angekommen, die ihn bereits seit der letzten Nacht bewegte.

„Wenn dieser Fall noch nicht eingetreten ist, dann heißt das doch, dass fast alle Menschen ihr restliches Leben auf den Inseln verbringen."

„Das ist so Martin, aber das sind die Regeln, die der Drache aufgestellt hat. Ich muss genau prüfen, ob der, der auf die Inseln möchte, das auch mit ganzem Herzen will. Ist er aber erst einmal drüben, dann kann ich nicht mehr eingreifen, dann ist jeder für sich selbst Meister seines Schicksals."

Als sie abends zu Bett gingen, hielt sie ihn am Arm zurück.

„Komm heute mit zu mir. Ich fand es letzte Nacht sehr schön in deinem Arm zu liegen."

Und Martin kam mit. Die ganze Zeit hatte er überlegt, wie er dieses Thema ansprechen könnte. Wie er über die letzte Nacht reden könnte und darüber, dass er sie gerne wieder bei sich hätte. Er hatte sich nicht getraut, hatte Angst gehabt alles kaputt zu machen. Und jetzt war es so einfach.

Als sie im Bett lagen, erzählte er dann alles. Seine Gedanken über sie, dass er sich unendlich wohl fühlte in ihrer Gegenwart und das er das Gefühl hatte, sie bereits sehr lange zu kennen.

Sie hörte zu, ohne ein Wort zu sagen. Schaute ihn nur an und lächelte. Und als er noch dabei war seine innersten Gedanken zu offenbaren, schlief sie in seinen Armen ein. Das störte ihn überhaupt nicht, im Gegenteil, es machte ihn glücklich.

„Gwynneth, wie findest Du die Menschen, die auf die Inseln wollen ?" fragte Martin, als sie abends auf der Couch am Kamin saßen.

„Das ist ganz einfach, am besten zeige ich es dir."

Sie stand auf und ging hinüber zum Flügel. Als sie zu spielen begann, wusste Martin sofort, was sie meinte. Diese Melodie, das war die Melodie die er gehört hatte, als er noch drüben auf dem Festland war. Die Melodie, welche die Sehnsucht nach den Inseln in ihm geweckt hatte.

Nachdem Gwynneth mit dem Spielen aufgehört hatte, erklärte sie ihm, dass sie beim Spielen dieses Liedes die Echos aller leidenden Seelen bekomme. Gleichzeitig erfahre sie die ganzen Leidensgeschichten, um sich ein Bild zu machen welche reif für die Inseln ist. War ihre Entscheidung einmal gefallen, dann bekam diejenige die Möglichkeit zum Übergang auf die Inseln. Hier am Meer ein Boot, an anderen Stellen das, was dort zur Verfügung stand. Hatte die Seele erst einmal ihre erste Insel erreicht, dann lag der weitere Fortgang nur an ihr.

In dieser Nacht lag Martin lange wach, während Gwynneth in seinen Armen schlief wie ein kleines Kind. Sie wirkte so zart, so verletzlich und doch war sie so stark. Wenn er bedachte, welche Aufgabe sie hier erfüllte. Es musste unglaubliche Kraft kosten, all die Menschen hier auf die Inseln zu holen und dann mitzuerleben, wie sie im Sumpf ihrer niedrigen Begierden untergingen. Gefangene ihre selbstsüchtigen Wünsche bis in den Tod. Daran wäre er längst zerbrochen, Gwynneth aber wirkte so gefestigt in sich, ein wenig traurig oder melancholisch vielleicht, aber nie gebrochen.

Sie musste fest an die Aufgabe glauben, die ihr der Drache übertragen hatte. Und das seit Jahrhunderten.
Seit Jahrhunderten?
Hatte der Drache ihr als Lohn für diese schwere Aufgabe ewiges Leben gegeben? Es musste wohl so sein!

Da stieg ein ungeheuerlicher Verdacht in Martin auf.

Es gab auch noch eine andere Erklärung.

Und je mehr Martin über diese andere Erklärung nachdachte, um so einleuchtender erschien sie ihm. Mit einem Schlag passten alle Stücke zusammen, waren alle Unklarheiten beseitigt, alle Fragen beantwortet.

Die Wahrheit ließ Martin in dieser Nacht nicht einschlafen.

Sie saßen wieder auf der Terrasse und genossen den Blick über den sanften Hügel hinunter zum Strand mit den eingestreuten Felsen die dort lagen, so als hätte ein begnadeter Landschaftsarchitekt die Sanftheit dieser Kulisse noch betonen wollen. Zwischen ihren Liegestühlen hingen ihre Arme, verbunden durch die Hände, die sich zu einem sanften Griff geschlossen hatten.

„Gwynneth, du bist der Drache!"

Das war keine Frage von Martin, nur eine Feststellung.

„Seit deiner Vertreibung aus der Bucht sitzt du hier auf den Inseln und holst die Menschen herüber zu der Reise, wie du es nennst. Dabei ist dir völlig klar, dass die Erfüllung ihrer niederen Wünsche sie in ihren Untergang führt. Das ist deine Art der Rache."

Ihre Hand war plötzlich verschwunden, hatte sich aus dem zärtlichen Griff gelöst.

„Was ich nicht verstehe ist meine Rolle. Warum bin ich hier? Nachdem ich nicht im Sumpf der Inseln steckengeblieben bin, müsstest du mich doch hassen. Statt dessen spüre ich, dass du mich gerne bei dir hast, am Ende wirklich Gefühle für mich entwickelst. Gefühle die ich erwidere, auch wenn ich jetzt weiß, wer du tatsächlich bist."

„Du verstehst wirklich nichts, du Menschenwurm!"

Ein grollendes Donnern ließ ihn zusammenzucken. Verschwunden war die Terrasse, das Haus. Die Insel nur ein kahler Felsen, auf dem er stand. Vor ihm ein riesiger Drache. Bunt, feuerspeiend, von erschreckender Schönheit. Jetzt beugte er den gewaltigen Schädel herunter zu ihm. Das Maul mit den gigantischen Fangzähnen nur Zentimeter vor seinem Gesicht.

„Haben nicht Menschen und Drachen friedlich zusammengelebt? Hatten wir nicht ein Bündnis zum gegenseitigen Nutzen? Haben nicht Druiden und Drachen zusammengearbeitet zum Wohle der Menschen?"

Jetzt berührte die rauchende Schnauze seine Nase.

„Doch dann sind diese Mönche gekommen. Haben das alte segensreiche Zusammenleben zerstört, nur ihren Gott im Auge, nicht wissend um das goldene Gleichgewicht der Kräfte in dieser Welt. Und in ihrem Gefolge diese Ritter, durchdrungen von ihrem neuen Glauben, begierig die bösen Drachen zu vernichten. Hilflos haben wir ihnen gegenübergestanden, können wir doch denen, die reinen Herzens sind, nichts antun. Im Gegenteil, fühlen uns von ihnen angezogen, sind ihre Brüder im Geiste.
Deshalb konnte ich nicht kämpfen, als Sir Patrick in die Bucht kam. Seine Integrität lag wie ein Schutzschild um ihn. So habe ich mich zurückgezogen auf diese kahlen Felsen, habe sie zu meinem neuen Heim geformt und die Menschen nur noch aus der Ferne beobachtet.

Viele Jahre vergingen, bis ich feststellte wie schwach die meisten Menschen wurden, wie wankelmütig, Sklaven ihrer Wünsche. Nenn es Rache, was ich dann tat. Ich aber erfüllte ihnen nur ihre dringenden Sehnsüchte, habe genaue Regeln aufgestellt, wann wer hier die Reise antreten durfte. War es meine Schuld, wenn sie maßlos wurden, nur noch ihren Begierden lebten, ohne Sinn und Ziel?

Habe ich doch immer gehofft wieder einen Gefährten zu bekommen, so wie in den alten Zeiten. Ab und an hatte ich ja auch Glück, habe wieder einen menschlichen Partner gefunden, der die Kraft eines Druiden, das Herz eines Barden oder die Reinheit eines Sir Patrick hatte. Schöne Zeiten, doch immer viel zu kurz. Auf Dauer geblieben ist keiner. Alle sind sie gegangen, früher oder später, so wie du jetzt gehst.
Ich kann dir nichts antun, ein Drachenherz liebt ewig."

Von einem Augenblick zum anderen war die vertraute Kulisse wieder da. Er lag in seinem Liegestuhl und Gwynneth stand vor ihm.

„Geh jetzt, geh zurück in deine Welt ! Vergiss mich, wenn du kannst ! Eines wirst du nicht vergessen können, das Lied. Es wird dich begleiten bis zu deinem Tod, so wie es mich begleitet, seit ich es einem keltischen Barden abgelauscht habe. Und es wird dich erinnern an deine Zeit auf den Inseln und an den Preis den du dafür gezahlt hast."

Martin war erschlagen von der Wahrheit, die er erahnt hatte, jetzt aber wusste. Es gab nichts mehr zu sagen, also ging er zum Strand, setzte sich in das Boot und ruderte los. Zurück blieb eine einsame schlanke Silhouette auf dem Hügel.

Es war früher Morgen, als er mit dem Boot den Nebel hinter sich ließ, vor sich den Strand unterhalb der Klippe. Hier hatte es begonnen und hier endete es auch.

Er steuerte das Schiffchen auf den Sand, sprang heraus und machte sich auf in Richtung der Häuser. Nach hundert Metern drehte er sich noch einmal um, wollte einen letzten Blick zurück werfen. Da war der Strand schon wieder leer. Unberührt lag er da, als habe es nie ein Boot gegeben, als habe er seine Reise nur geträumt.

Am Ende der Hauptstraße standen die Frauen bereits zusammen und warteten auf Paddys rollendes Kaufhaus. Also war heute Dienstag oder Freitag. Das machte ihm bewusst, dass er das genaue Datum nicht mehr kannte, zeitlos hatte er die Tage auf den Inseln durchlebt. Er würde beim Kiosk auf die Zeitung schauen, um sich wieder zu orientieren und dann würde er nachsehen, ob Pete vielleicht noch ein Frühstück für ihn hatte. Im Gegenzug würde er ihm eine glaubhafte Geschichte auftischen müssen, wo er die letzten Tage gesteckt hatte. Es würde ihm schon was einfallen !

Unterwegs traf er den alten Mike. Der sah heute noch älter aus als sonst. Mag sein, dass es an dem hellen Licht liegt, das alle Falten, Furchen und Augenringe gnadenlos aufzeigt, dachte er.

„Hey Mike, schön dich zu sehen !", begrüßte er ihn.

Mike blieb stehen und musterte ihn fragend. Nach einigen Sekunden erhellte sich sein Gesicht.

„Martin, der verrückte Deutsche ?"

Es klang fast wie eine Frage. Mike kam näher, schaute ihm tief in die Augen und lächelte dann ein freudloses Lächeln.

„Du warst drüben, warst auf den Inseln!"

„Ja."

„Na, dann sind ja hoffentlich keine Fragen mehr offen. Pass auf dich auf!"

Und schon war er weitergegangen, hatte Martin einfach stehen gelassen.

Merkwürdig, dachte Martin, wirklich sehr merkwürdig! Mike wurde auch immer wunderlicher. Was soll's, jetzt würde er erst einmal das aktuelle Datum herausfinden, damit er wieder in der Zeit lebte, dann gründlich duschen und danach ein dickes Frühstück zu sich nehmen.

Am Kiosk schaute er auf die erste Zeitung und stutzte. Das konnte nicht sein, das war ein Druckfehler! Dann die nächste und noch eine Zeitung. Überall das Gleiche, das konnte kein Druckfehler sein.

Da fiel es ihm wie Schuppen von den Augen. Der Preis, hatte Gwynneth nicht von einem Preis gesprochen, den er zahlen müsse? Hier wurde er ihm präsentiert.

Zeit! Der Preis war Zeit, Lebenszeit!

Die Tage auf den Inseln hatten ihn auf den Tag genau sieben Jahre seines Lebens gekostet.

NACH DEN INSELN

Martin setzte sich erst einmal auf den Randstein, hatte das Gefühl, dass seine Beine ihm sonst den Dienst versagen würden.

Was sollte er jetzt tun?

Es waren ja nicht nur die sieben Jahre, die vergangen waren, sein ganzes bisheriges Leben existierte nicht mehr.

Er hatte kein Gepäck, denn so lange hebt man das nirgendwo auf.

Er hatte kein Geld, denn einstecken hatte er keins und seine Kreditkarten waren längst nicht mehr gültig.

Auch sein Pass war abgelaufen, er war ein Illegaler.

An Deutschland, seine Eltern, seine Wohnung und seinen Job wollte er schon gar nicht denken.

Er war am Ende.

Er wusste nicht, wie lange er so gesessen und gegrübelt hatte, doch als er wieder aufblickte, hatte sich alles verändert.
Der ganze Ort war grauer geworden, den Schmutz auf der Straße konnte er deutlich sehen, die Fassaden der Häuser mit ihrer abgebröckelten Tristesse, die Menschen, denen man ansah, dass sie nicht reich waren, um ihren Lebensunterhalt kämpfen mussten, selbst die Hunde waren plötzlich mürrisch und feindselig und auch der Sonnenschein war blasser geworden, würde bald seinen Kampf gegen die aufziehenden Wolken verlieren.

Dabei hatte er doch alles so anders in Erinnerung.

„Hallo, bist Du Martin?", drang da eine Stimme in sein Bewusstsein.

Er blickte auf und Paddy stand vor ihm, Paddy von „Paddys rollendem Kaufhaus".

Martin nickte.

„Mike sagte mir, dass Du einen Job suchst und ich könnte eine Aushilfe gebrauchen. Du müsstest allerdings sofort mitkommen. Den Rest können wir dann unterwegs klären.
Hast Du Interesse?"

Martin nickte, war noch viel zu benommen, um richtig nachzudenken, war einfach froh, dass es weiter ging.

Und schon saß er auf dem Beifahrersitz des rollenden Kaufhauses, das sich die Serpentinen zur Hochebene hinaufschraubte. Paddy hatte weder gefragt, wo sein Gepäck sei, noch ob er sich irgendwo verabschieden müsse. Was hatte der alte Mike ihm nur erzählt?

Da traf ihn die Erkenntnis wie ein Blitz. Mike wusste, in welcher Situation er sich befand, wusste, dass er vor dem Nichts stand, denn Mike hatte dasselbe erlebt, war auch auf den Inseln gewesen. Daher auch das Lied. Wie hatte er nur so blöde sein können, dass ihm das jetzt erst auffiel.

Rory bereitete sich sein Frühstück, das aus einer Hafergrütze mit Beeren bestand. Seinen morgendlichen Rundgang hatte er bereits hinter sich. Er hatte die Morgendämmerung am Teich begrüßt, wie fast jeden Tag. Dann war er zum Baum gegangen und hatte unter seinem Laubdach meditiert. Danach waren seine Beete mit der morgendlichen Inspektion an der Reihe gewesen. Jetzt kam das Frühstück und wenn er das genossen hatte, würde er sein Tagwerk in Angriff nehmen.

Auf den Beeten musste dringend Unkraut gejätet werden. Das würde ihn schon den halben Tag beschäftigen. Danach war das Dach seiner Hütte an der Reihe. An einer Stelle kam immer mehr Regen durch. Das würde die zweite Tageshälfte füllen.

Am späten Nachmittag standen die Klippen auf dem Programm. Er ließ kaum einen Tag verstreichen ohne sich den Sonnenuntergang auf den Klippen anzuschauen. Jeden Tag Sonnenuntergang, doch jeden Tag anders. Die Natur hatte soviel Schönheit zu bieten und es wurde ihm nie langweilig.

In diesem Augenblick schmuggelte sich ein Sonnenstrahl durch ein Loch im Laubdach und kitzelte ihn an der Nase.

Das war ein Zeichen, eines von den vielen Zeichen in den letzten Wochen. Es standen Veränderungen ins Haus das war sicher.

Sein erster Tag mit Paddy war an Martin wie ein Traum vorbeigezogen. Von Ort zu Ort waren sie gefahren, immer der Tour von Paddy folgend. An jedem Haltepunkt derselbe Ablauf. Die Seitenwand wurde aufgeklappt, die Auslage wurde nach draußen geschoben, Paddy überprüfte seine Zettel mit den Bestellungen für diesen Ort. Inzwischen standen dann bereits die Kunden laut plappernd um den Wagen und warteten auf die offizielle Eröffnung.
„Paddy's rollendes Kaufhaus heißt sie auf das herzlichste willkommen und wünscht ihnen viel Spaß beim Einkauf in seinen bescheidenen Hallen. Wenn sie zufrieden sind, dann empfehlen sie uns weiter, wenn nicht, dann wenden sie sich an unsere Beschwerdestelle, die an jedem Neujahrstag von vier bis halb fünf geöffnet hat."

Martin blieb immer im Führerhaus sitzen und wälzte Gedanken über seine Zukunft und die waren nicht so heiter. Gut, er hatte jetzt einen Job, aber wer weiß wie lange. Dann musste er ja auch irgendwo schlafen, ganz zu schweigen von seinem illegalen Status ohne Papiere. Was, wenn er von der Polizei kontrolliert wurde?

Es war bereits dunkel, als Paddy sagte
„Das war's für heute, jetzt geht es heim!"
Und dann kam die Überraschung.
„Michael sagt, dass Du auch gerade keine Unterkunft hast, deshalb kannst Du bei mir im Gartenhaus einziehen. Ist mir auch lieber, dann bist Du wenigstens morgens pünktlich."
So war auch dieser Punkt geklärt, es grenzte schon an ein Wunder. Doch es kam noch besser.
„Ich habe den Leuten heute schon erklärt, dass Du ein entfernter Verwandter bist, der den Sommer hier verbringt und mir bei der Arbeit hilft. Dann kommen keine dummen Fragen. Du kommst übrigens aus Deutschland, dass heißt Du brauchst Dir keine Geschichten ausdenken sondern kannst bei der Wahrheit bleiben."
Wer war dieser Paddy? Sein Schutzengel? Himmel, was hatte Michael ihm nur erzählt? Egal, Hauptsache seine dringendsten Probleme waren erst einmal gelöst!

Roxeanne genoss den Wind auf ihrer Haut während sie dahin glitt. Fliegen war etwas Tolles. Diese Erfahrung fehlte den Menschen und vielleicht waren sie deshalb oft so unzufrieden. Nicht so Rory, der war mit seinem Leben zufrieden. Zwar lebte er in sehr einfachen Verhältnissen nach Menschenstandard, doch das hielt ihn nicht davon ab meistens gute Laune zu haben. Jetzt war sie wieder unterwegs zu ihm und freute sich auf ein paar gemeinsame Tage.

Sie konnte sich noch gut daran erinnern, wie sie beim Überfliegen des Wäldchens bemerkt hatte, dass sich darin ein Mensch eingenistet hatte. Mehr aus Neugierde war sie gelandet und hatte Menschengestalt angenommen, als Frau, wie sie es immer tat. Drachen hatten eigentlich kein Geschlecht, aber wenn man sie nach menschlichen Maßstäben einordnen wollte, dann waren sie eher weiblich.

In dem Wäldchen lebte Rory und sie hatte sich fast sofort in ihn verliebt. Manche Menschen hatten etwas an sich, was Drachen unendlich stark anzog und Rory war einer von ihnen. Er hatte auch nie gefragt, wo sie herkam und wo sie sich aufhielt, wenn sie nicht bei ihm war. Er nahm ihre Gegenwart wie ein Geschenk und zeigte auch immer wieder, wie wertvoll ihm diese Gabe war. Rory war nicht der erste Mensch in ihrem langen Drachenleben, es hatte einige gegeben. Schöne Zeiten waren das gewesen, nur leider viel zu kurz, denn ein Menschenleben war ein Wimpernschlag im Vergleich zu einem Drachenleben.

Als sie so über Rory und sich nachdachte, fiel ihr Gwynneth ein. Gwynneth, die sich auf ihren Felsen zurückgezogen hatte und ihrer Enttäuschung über die Menschen dadurch kompensierte, dass sie ihnen die Inseln bot. Die Inseln, auf denen die Wünsche wahr wurden. Die Inseln, die aber auch fast allen Menschen zum Verhängnis wurden, weil sie sich dort derart in ihre Süchte verstrickten, dass sie daran zugrunde gingen. Und war mal einer dabei, der integer war und es bis zu ihrer Insel schaffte und sie sich dann auch noch in ihn verliebte, dann scheiterte es immer daran, dass der Mensch das System der Inseln nach einiger Zeit durchschaute und sich daraufhin in Abscheu von ihr abwandte.

So etwas Verrücktes, wo man mit Menschen doch so eine schöne Zeit haben konnte.

Erst vor einiger Zeit hatte sie wieder mit ihr darüber gesprochen. Da hatte Gwynneth tief im Loch gesessen, weil ihr wieder genau das typische Unglück passiert war. Sie hatte sich total verliebt in einen dieser Menschen und der hatte wieder ihr Spiel durchschaut und das war's dann.

„Lass das doch endlich sein!", hatte sie ihr gesagt. „Mach deine Inseln dicht und genieße das Leben. Am besten mit einem Menschen, denn die sind trotz all ihrer Fehler doch sehr liebenswert, wenigstens einige."

Und so war es auch, man musste diese Menschen zu nehmen wissen, es waren halt Menschen. Bei all ihren Fehlern, und davon hatten sie reichlich, gab es kein Lebewesen, dass so voller Überraschungen, Kreativität und Emotionen steckte. Zumindest die Interessanten, korrigierte sie sich lächelnd.

Michael saß im Pub allein an einem kleinen Tisch in einer Ecke und war nachdenklich. Er hatte schon ein paar Lieder gespielt und dafür etwas zu Trinken und Essen bekommen.

Jetzt hatte er Zeit und die Begegnung mit dem verrückten Deutschen ging ihm durch den Kopf. Warum war er nur so brüsk gewesen. Er hatte doch gesehen, dass der Junge ziemlich durcheinander war. Und das zu Recht, wusste doch niemand so gut wie er selbst, wie man sich fühlt, wenn man von den Inseln zurück kommt. Gut, er hatte ihm den Job bei Paddy verschafft, aber bei ihrem Gespräch hatte er ihn ziemlich abfahren lassen. Was war nur los mit ihm? Er war sich doch immer so sicher gewesen, dass das Kapitel der Inseln bei ihm abgeschlossen war, nur noch eine entfernte Erinnerung. Doch das war der reine Selbstbetrug gewesen. Als dieser junge Kerl vor ihm stand und ihm klar wurde, dass genau dieses Bübchen noch vor Kurzem mit seiner Gwynneth zusammen war, da hatte ihn die pure Eifersucht gepackt. Am liebsten hätte er ihn geschlagen, so war der Zorn in ihn gefahren. Zum Glück hatte er sich beherrscht, sich nichts anmerken lassen und war einfach weiter gegangen. Wie lächerlich, das war über vierzig Jahre her, doch in diesem Moment hatte die Wunde an seinem Herz wieder geschmerzt wie am ersten Tag.

„Tja Alter Mike", sagte er zu sich, „da hast du dich prima selbst beschissen. Alles überwunden, dass ich nicht lache!".
Und dann sinnierte er weiter. Ob Gwynneth ihn schon lange vergessen hatte? Ob der junge Kerl sie vielleicht nur an ihn erinnert hatte? Ob er Gwynneth noch einmal wiedersehen würde? „Lass das, du alter Idiot!", rief er sich zur Ordnung. „Du trinkst jetzt schön dein Bier aus, gehst nach Hause und lässt die alten Sachen ruhen!"

Doch der Kopf lässt sich nicht einfach an und ab stellen. Fast die ganze Nacht lag er wach und seine Gedanken kreisten immerzu um die Inseln. Es wurde bereits langsam hell, als er endlich in einen unruhigen Schlaf fiel.

Rory besuchte wieder seinen Freund den Baum. Wenn er so an den Stamm gelehnt saß, dann konnten sie sich unterhalten und das taten sie auch oft und ausgiebig. Er konnte sich noch gut daran erinnern, wie er zum ersten Mal hier gesessen hatte und plötzlich den Kontakt spürte. Und der Baum hatte ihm seine Geschichte erzählt.

Als junger Schössling hatte er zu den anderen Bäumen aufgeblickt und sich vorgenommen, dass sie nicht immer auf ihn herabblicken würden. Er würde der größte Baum im ganzen Wäldchen werden, würde seine Krone fast bis zum Himmel strecken und dann würden alle anderen zu ihm aufblicken müssen.

Die anderen Bäume hatten zwar gesagt, dass sie gar nicht auf ihn herabblickten, nicht über ihn lachten, weil er so winzig war. Sie waren halt nur schon älter und deshalb größer. Er aber glaubte ihnen nicht. Er steckte alle seine Kraft ins Wachstum nach oben, streckte kaum Äste zur Seite, das hätte ihn nur aufgehalten. Tag und Nacht war er nur damit beschäftigt und beachtete seine Umwelt kaum noch. Der Erfolg stellte sich bald ein. Bereits nach wenigen Jahren, viel früher als bei Bäumen seiner Art, war er so hoch wie die alten Bäume im Wäldchen. Die anderen Bäume sagten zu ihm: „Siehst du, jetzt bist du so groß wie wir, jetzt kannst du in die Breite wachsen und uns helfen den Wald stabil zu machen damit nicht ein Sturm Lücken reißen kann."

Doch er wuchs weiter in die Höhe, immer höher bis er alle überragte. Großartig fühlte er sich. Keiner konnte sich mit ihm vergleichen. Er hatte es geschafft.

Und dann kam der Sturm. Er zerrte und rüttelte an ihm, wollte ihn brechen. Jetzt spürte der Baum, dass er viel zu dünn war um in dieser Höhe dem Sturm Stand zu halten. Aber er kämpfte, wollte nicht klein beigeben. Doch der Sturm hatte noch mehr auf Lager. Als merkte, dass er ihn nicht brechen konnte, ließ er den Blitz einschlagen. Der Stamm wurde von der Spitze bis fast zum

Boden aufgespalten und dann, als er hilflos war, vom Sturm geknickt und das große obere Stück abgerissen.

Lange hatte der Baum aufgeben wollen, hatte aufgehört zu wachsen und seine Blätter abgeworfen. Zu jäh war der Absturz nach seinem Höhenflug gekommen. Doch ein alter zerzauster Veteran hatte immer wieder mit ihm gesprochen und schließlich aus seiner Lethargie gerissen.

„Nimm es als Zeichen" hatte er gesagt. „Der Sturm hat dich nicht zerstören wollen. Er hat dir nur gezeigt, was deine Bestimmung ist. Du bist ein Teil des Waldes und dort hast du eine Aufgabe zu erfüllen. Sieh nur die Lichtung, die um dich herum entstanden ist, weil du nicht in die Breite gewachsen bist. Das ist ein Schwachpunkt, der den ganzen Wald gefährdet, denn dort kann der Sturm angreifen. Fülle die Lücke so wie es deine Bestimmung ist und du wirst sehen, dass du dann auch glücklich und zufrieden bist."

Und der Baum hatte wieder getrieben. Nur verwendete er jetzt seine ganze Kraft darauf die Lücke zu füllen. Schon bald hatte er die Lichtung überspannt und konnte zuschauen, wie in seinem Schutz die anderen Pflanzen und auch die Tiere gedeihen konnten. Neue Stürme kamen, aber zusammen hielten sie Stand, lachten den Sturm aus und fühlten sich prächtig als Wald.

Bei Paddy hatte sich Martin sehr schnell eingelebt. Er war in das kleine Gartenhaus eingezogen, das hinter Paddy's Haus stand. Zugegeben nur ein winziges Häuschen, doch schon von außen erzeugte es ein Gefühl von Gemütlichkeit. Total überwachsen mit Pflanzen, die sogar versuchten in die Tür und die Fenster einzudringen. Einige waren am Blühen und setzten Farbkleckse auf die grüne Pracht. So hatte er sich als Kind immer das Haus von Rotkäppchens Oma vorgestellt.
Vor dem Eingang gab es eine winzige Veranda auf der zwei Stühle standen, die zum Entspannen einluden.
Innen hatte er sein eigenes Reich, in das er sich zurückziehen konnte nach der Arbeit. Es bestand zwar nur aus einem Zimmer, einer kleinen Kochecke im Flur und einem Bad mit Toilette und Duschkabine, aber er hatte hier völlig freie Hand und konnte sich alles so einrichten, wie es ihm gefiel. Paddy hatte ihm dazu seinen Schuppen gezeigt, in dem er auch diverse alte Möbel gelagert hatte. Einige waren ins Gartenhäuschen gewandert, während im Gegenzug andere aus seinem Domizil in den Schuppen verfrachtet worden waren. So hatte er sich iterativ an das mögliche Wohnideal herangearbeitet.

Die Arbeit selbst war nicht so übermäßig anstrengend. Morgens den Wagen beladen, dann den ganzen Tag durch die Gegend fahren und abends die Bestellungen für den nächsten Tag zusammenstellen. Dazwischen ab und an noch die Lieferungen kontrollieren und im Lager verstauen. Das war rein körperlich gut zu verkraften Doch die Tage waren lang, zehn bis zwölf Stunden der Normalfall. Aber es machte auch Spaß. Mit Paddy durch die Dörfer zu fahren war ein Erlebnis. Er versorgte die Menschen nicht nur mit Waren sondern war auch eine wichtige Nachrichtenbörse. Beim ihm erfuhren die Menschen alles, was so in den anderen Gemeinden vorging und erzählten ihm im Gegenzug den neuesten Klatsch aus ihrem Umfeld. Martin hatte oft den Eindruck, dass manche nur etwas kauften, um an der Gesprächsrunde teilnehmen zu können.

Nach den langen Tagen, wenn er alleine auf der Veranda oder in seinem Wohn-Schlaf-Arbeitszimmer saß, holte ihn oft die Vergangenheit ein.

Die Zeit auf den Inseln ging ihm wieder durch den Kopf, besonders die letzte Insel. Er spürte wieder die Vertrautheit, die er bei Gwynneth sofort gefühlt hatte, wusste, das hätte Liebe werden können. Nie störte es ihn dabei, dass sie eigentlich ein Drache war, das war unwichtig.

Doch dann hatte er wieder das Bild der Inseln vor Augen, dieses abgefeimte Spiel, wo den Menschen die Erfüllung ihrer Wünsche vorgegaukelt wurde, nur um sie noch sicherer ins Verderben zu stürzen. Warum nutzte ein Drache seine große Macht nur für solche abscheulichen Dinge?

Er fühlte sich zerrissen und mehr als einmal weinte er sich in den Schlaf. Aber auch im Schlaf fand er keine Erlösung, denn selbst dort durchlebte er die Zeit auf den Inseln immer und immer wieder in einer solchen Deutlichkeit, als sei es das erste Mal.

Besonders schlimm war jeweils wieder der Moment, in dem Gwynneth in Drachengestalt, vor Wut rasend, ihm die ganze Wahrheit über die Inseln ins Gesicht geschleudert hatte. Morgens musste er oft seine Gedanken erst einmal ordnen, sich klar machen, dass er bei Paddy war.

Und wieder mal saß Rory an seinem Baum. Sie schwelgten in Erinnerungen. Wie sie gemerkt hatten, dass sie sich so ähnlich waren. Nachdem der Baum seine Geschichte erzählt hatte, war Rory mit Erzählen an der Reihe gewesen.

Er entstammte sehr einfachen Verhältnissen, manche hätten auch gesagt, dass sie arm waren. Immer hatte er die Kleider seiner älteren Geschwister auftragen müssen. In der Schule hatten sie ihn gehänselt, weil der die abgewetzte „Familien-Schultasche" trug, die bereits jeder von seinen älteren Brüdern kannte.

Da hatte er sich geschworen, dass er es allen zeigen würde. Tag und Nacht hatte er gelernt, bis er Klassenbester war. Als nach der Schule ein Studium aus finanziellen Gründen nicht möglich war, hatte ihn auch das nicht aufgehalten. Er machte eine Lehre bei der Bank und durch großen Einsatz und unendlichen Fleiß stieg er auf bis zum Direktor.
Stolz war er. Auf seine Position, sein Haus, seinen Wagen. Sogar die Tochter des Bürgermeisters hatte er geheiratet. Zwei Kinder hatten sie, die sich nicht hänseln lassen mussten.

Und dann kam der Sturm. Die Bank führte Restrukturierungsmaßnahmen durch, Kosten sollten eingespart werden. Seine Zweigstelle war eine der ersten, die geschlossen wurde. Man bedauerte das sehr, aber ohne Zweigstelle benötigte man auch keinen Direktor und er wurde entlassen.

Er suchte lange nach einer neuen Stelle, hätte auch eine niedrigere Position angenommen. Aber immer bekam er dieselbe Antwort: „Man habe leider keine adäquate Verwendung für ihn, bedaure das sehr bei seiner Qualifikation, könne aber unglücklicherweise nichts für ihn tun. Er sei einfach überqualifiziert."

Dann ließ sich seine Frau von ihm scheiden und zog mit den Kindern zu ihren Eltern. Das Haus wurde verkauft und sein Anteil reichte gerade aus um seine Schulden zu bezahlen. Da packte er seine verbliebenen Sachen und zog los.

Lange irrte er herum, schlief, wo immer er unterkommen konnte, nahm hier und da einen Aushilfsjob an, um sich über Wasser zu halten und versank immer tiefer in seinem Selbstmitleid.

Eines Tages stand er mitten in einer menschenleeren Gegend, weil ihn ein Autofahrer rausgeworfen hatte. Er hatte ihn als Anhalter mitgenommen, konnte aber sein Gejammere nicht länger ertragen. Es regnete in Strömen und in seiner Tasche war kein Krümel mehr zum Essen. Als er sich umschaute, sah er in der Ferne einige Baumwipfel aus einer Senke aufragen und ging dorthin, um sich wenigsten unterzustellen. An der Senke angekommen, sah er, dass sie komplett von einem Wäldchen ausgefüllt war, das sich um einen Teich schloss. Er suchte sich den Baum aus, der den besten Schutz bot, setzte sich hin und lehnte sich an den Stamm. Das war der Beginn seines neuen Lebens.

Er baute sich erst einen Verschlag zum Schlafen, später dann eine Hütte. Beete legte er an auf einer kleinen Lichtung und bereits im zweiten Jahr, war er weitgehend autark. Ab und zu marschierte er noch in den nächsten Ort, um sich das zu besorgen, was er nicht selbst erzeugen konnte. Dann arbeitete er auch bisweilen für ein paar Tage, um Geld zu bekommen. Die Leute akzeptierten ihn als den Verrückten, der im Wald lebte. Wenn er das so wollte, dann war das seine Sache. Manche meinten auch, er sei ein Nachkomme der alten Druiden und behandelten ihn sogar mit einem gewissen Respekt.
An vielen Tagen, wenn er seine selbst vorgegebenen Aufgaben erledigt hatte und in seiner Hütte saß, war er zufrieden, wie noch nie in seinem Leben zuvor.
Und dann war da auch noch Roxeanne.

Heute war Martin mit Paddy in den Pub gegangen, man musste vielleicht besser sagen Paddy hatte ihn mitgeschleift. Sie waren früher von ihrer Tour zurückgekommen und Paddy hatte erst gar keine Widerrede geduldet.

„Du sitzt oft genug in deiner Hütte und starrst die Wand an. Heute verordnet dir Doktor Paddy ein Pint Guinness. Das stabilisiert das innere Gleichgewicht und verhilft zu einem guten Schlaf!"

Und so saß er nun hier, hatte sich mit seinem Glas in eine Ecke verzogen, während Paddy an der Theke schon mitten in einer Traube von Menschen steckte. Da wurde gescherzt und gelacht, alte Schwänke wurden ausgegraben und jeder musste mal einen derben Witz über sich ergehen lassen. Alles aber ohne bösen Unterton oder absichtliche Gemeinheiten. Die Leute, die er bisher kennengelernt hatte waren zwar überwiegend derb und direkt, hatten aber auch das Herz am richtigen Fleck. Er hatte sich gegenüber keinerlei Vorbehalte gespürt. Er gehörte zu Paddy und damit war das in Ordnung. Das Problem lag eher bei ihm, er war hier noch nicht so richtig angekommen.

Immer wieder spukten die Inseln durch seinen Kopf. Es war ja überall erst einmal schön gewesen, immer waren geheime Wünsche in Erfüllung gegangen. Erst nach einiger Zeit hatte er jedes Mal bemerkt, dass das alles hohl war, weil erfüllte Wünsche allein nicht glücklich machen. Der Mensch braucht mehr, um wirklich dauerhaft glücklich zu sein. Als allererstes einmal andere Menschen, mit denen er sein Leben teilen kann, die guten wie die schlechten Zeiten. Tag für Tag nur Zuckertorte wandelt sich bald vom Genuss zur Plage.

Immer, wenn er mit seinen Überlegungen an diesen Punkt gekommen war, dann erschien das Bild von Gwynneth vor seinem inneren Auge und er hörte das Lied, das Lied von den Inseln. So auch heute wieder und diesmal ganz besonders deutlich und intensiv.

Martin schreckte hoch aus seinen Gedanken und sah sich verwirrt im Pub um. Das war kein Traum, das Lied erklang wirklich und real. Und dann entdeckte er ihn. Mike stand in der Nähe des Eingangs, hatte seine Gitarre in der Hand und sang das Lied von den Inseln, Martin's Lied. Falsch! Korrigierte er sich. Unser Lied sollte er wohl besser sagen, den Mike war ja auch auf den Inseln gewesen, wie er sich sicher war. Als er so hinüber starrte, da entdeckte ihn Mike und lächelte ihm zu.

Und später, als Mike fertig gesungen hatte, kam er mit seinem Bier zu Martin in die Ecke und setzte sich. Nachdem sie ein paar belanglose Sätze ausgetauscht hatte, kam Mike zur Sache. Er entschuldigte sich für sein ruppiges Verhalten damals bei Martins Rückkehr. Sie seien doch beide „Insulaner" und müssten zusammenhalten. Näher ging er aber auf das Thema Inseln nicht ein und auch Martin verspürte kein Bedürfnis dazu. Er bedankte sich sehr für die Unterstützung, dass er nicht nur den Job sondern auch Unterkunft bei Paddy hatte, sei seine Rettung gewesen. Wenn er mal was für Mike tun könne, dann solle er es nur sagen. Danach war wieder Belangloses an der Reihe und bald verabschiedete sich Mike und begrüßte noch andere Bekannte an einem der Tische. Martin blieb etwas verwirrt zurück. So eine richtige Aussprache war das nicht gewesen, dafür waren sie wohl beide noch nicht bereit. Aber immerhin ein Anfang.

Roxeanne hatte wieder einige Tage bei Rory verbracht. Schöne Tage waren es gewesen und am liebsten wäre sie geblieben. Aber das hätte nur Problem mit sich gebracht. Sie war nicht der Typ dafür und Rory auch nicht. Außerdem war da ja auch noch ihr Geheimnis. Je länger sie da blieb, um so leichter konnte Rory eventuell ihre Drachennatur erkennen.

Die Trennung zwischendurch musste sein, damit das Wiedersehen umso schöner war. Und so hatte sie sich nachts davon gestohlen als Rory schlief, hatte ihm noch ein paar Blumen neben sein Lager gelegt, war zur Steilküste geeilt, hatte ihre Drachengestalt angenommen und sich in die Lüfte geschwungen. In ein paar Tagen konnte sie ja wieder vorbeischauen und ein intensives Wiedersehen feiern.

Sie schwebte gerade über den unseligen Inseln ihrer Freundin Gwynneth, als ihr etwas merkwürdig vorkam. Neugierig schraubte sie sich herunter und war perplex. Da waren nur noch die Felsen, die hier immer im Nebel des Kaps auf unvorsichtige Schiffe lauerten, die Inseln waren verschwunden. Und mit ihnen auch Gwynneth.

Roxeanne überlegte, was das wohl zu bedeuten hatte.
War Gwynneth am Ende tatsächlich vernünftig geworden?
Von ganzem Drachenherzen wünschte sie ihrer Freundin, dass das so war und auch so blieb. Und mit einem fröhlichen Summen flog sie weiter. Ein Mensch hätte es allerdings eher für ein bedrohliches Brummen gehalten. Die Maßstäbe sind halt doch unterschiedlich!

Als seine „Einarbeitungszeit" vorüber war, begann für ihn die Arbeit, die Paddy eigentlich für ihn vorgesehen hatte. Er bekam seine eigene Tour. Viele Farmen lagen so abseits, dass die Leute nur selten in die Dörfer zu Paddy's Kaufhaus kommen konnten. Gerade von Frühjahr bis Herbst war auf den Farmen so viel zu tun, dass man sich die Zeit für den Abstecher zu Paddy nur selten nehmen konnte.

Da bot Paddy jetzt seinen telefonischen Bestellservice an. „Anrufen, Liste durchgeben und morgen wird es geliefert!" war sein neuer Slogan.
Den Telefondienst übernahm Paddy's Mutter. Das Zusammenstellen der Lieferungen und das Ausfahren war Martins Aufgabe. Sogar seinen eigenen Wagen hatte er dafür. Kein rollendes Kaufhaus, nur Paddy's alten Kombi. Das war am Anfang richtig spannend und auch anstrengend. Er kannte sich ja noch nicht so gut aus, musste viele Farmen erst suchen und trotzdem sein Tagespensum schaffen. Denn „Morgen wird es geliefert", war ernst gemeint und sein Tag war erst zu Ende, wenn die letzte Bestellung abgeliefert war. Doch Martin beschwerte sich nicht über die langen Tage, im Gegenteil er fand seine neue Aufgabe toll. Bisher war er nur das Anhängsel von Paddy gewesen, kaum bemerkt von den Kunden. Jetzt hatte er den Kontakt zu den Leuten, wurde von ihnen in Gespräche verwickelt, erfuhr die neuesten Nachrichten und gab seinerseits die spannenden Neuigkeiten aus der Umgebung weiter. Er war jetzt mittendrin, lernte seine Kunden auch persönlich kennen. Schon bald erzählten sie ihm sogar ihre persönlichen Geschichten, ihre Sorgen und Nöten, genau wie ihre Freuden und Glücksmomente.

Es dauerte nicht sehr lange und Martin kannte die Gegend, wie seine Westentasche. Kannte jeden Feldweg, wusste zu welcher Farm er führte, welche Leute dort lebten, wann sie üblicherweise anzutreffen waren und wo man sie finden konnte, wenn sie nicht zu Hause waren. Bald wusste er auch bei vielen, wo der Schlüssel in ihrer Abwesenheit deponiert war. Dann lud er die bestellten Waren in der Küche ab und fand dort auch das Geld für die Bezahlung. Das Vertrauen, das die Menschen ihm entgegen brachten, versetzte ihn als ehemaligen Stadtmenschen immer wieder in Erstaunen. Es ging langsam aber nach und nach wurden all diese Menschen zu einer Art Familie für ihn.

Als er schon glaubte alles zu kennen und zu wissen, erlebte er doch noch eine Überraschung. Er fuhr nach einer Lieferung von einer abgelegenen Farm zurück, ein winziges Sträßchen entlang der Küste, da entdeckte er eine merkwürdige Gestalt, die am Straßenrand stand und winkte. Ein großer Mann mit langen Haaren, die im Nacken zu einem Pferdeschwanz zusammengebunden waren. Bekleidet war er mit einem langen sackartigen Umhang unter dem er eine uralte, verwaschene Jeans und ein Hemd von undefinierbarer Farbe an hatte. Über dem Umhang trug er ein Tuch aus Sackleinen, das mit allerlei nicht erkennbaren Gegenständen prall gefüllt war.

„Das muss der Druide sein!", fuhr es ihm durch den Kopf. Paddy hatte ihm von dem Druiden erzählt, der irgendwo in der Natur lebte und nur ab und an unter Menschen ging um Dinge zu erwerben, die ihm die Natur nicht bot. Er war natürlich kein wirklicher Druide, doch die Leute nannten ihn so, weil er im Einklang mit der Natur lebte, so wie früher die Druiden. Er musste wirklich etwas besonderes sein, denn Paddy hielt große Stücke auf ihn, sprach von ihm mit echter Hochachtung.
„Gib ihm alles was er verlangt!", hatte Paddy ihm eingeschärft.
„Und akzeptiere als Bezahlung die Naturalien, die er dir anbietet".
„Und wie erkenne ich ihn?", hatte Martin darauf gefragt.
„Da mache dir mal keinen Kopf!", war Paddy's Antwort.
„Wenn er vor dir steht, wirst du wissen, dass er es ist."

Und jetzt stand er vor ihm.
Martin stoppte am Straßenrand, direkt neben dem Druiden und kurbelte die Scheibe herunter. Sofort tauchte ein Kopf in der Öffnung auf. Ein schmales Gesicht mit einem kurz geschnittenen Vollbart, überwiegend grau mit verschiedenfarbigen Einsprenkelungen. Die Ohren waren unsichtbar, verborgen unter den langen braunen Haaren, die straff nach hinten gezogen waren. Beherrscht wurde das Gesicht von den großen grauen Augen, die ihn jetzt sichtlich überrascht anblickten.
„Nanu, du bist ja gar nicht Paddy. Dabei hätte ich schwören können, dass das sein Wagen ist!"
„Das ist auch sein Wagen", antwortete Martin.
„Ich arbeite als Aushilfe bei Paddy und mache die Touren zu den abgelegenen Farmen. Was kann ich für dich tun?".
„Ich bin Rory", stellte sich der Druide vor, öffnete die Tür und setzte sich auf den Beifahrersitz.
„Mir sind da ein paar Sachen ausgegangen auf meinem Landsitz. Vielleicht kannst du mir ja aus der Patsche helfen."
Jetzt als Martin ihn in Ruhe ansehen konnte, musste er sich korrigieren. Das waren keine grauen Augen! Das linke Auge war geteilt in einen großen grauen Teil und einen kleinen hellblauen Teil. Gaukler-Augen, der Druide hatte Gaukler-Augen, genau wie er selbst. Sofort durchströmte ihn ein Gefühl der Verbundenheit.
„Du kannst alles haben, was ich noch so bei mir führe!", antwortete er. „Paddy und ich leben davon, dass Leute wie du Engpässe auf ihrem Landsitz haben."
Rory lachte und schon waren sie im Gespräch. Es stellte sich heraus, dass Martin nicht alles mitführte, was Rory benötigte und Martin bot an den Rest morgen vorbei zu bringen. Rory wollte es wieder an der Straße abholen, doch das ließ Martin nicht zu.
„Ich bin schrecklich neugierig auf deine Residenz!", sagte er.
„Und wenn du mir den Weg beschreibst, betätige ich mich als Hoflieferant."
Und so verblieben sie dann und beim Weiterfahren musste sich Martin eingestehen, dass er wirklich ganz gespannt darauf war zu sehen, wie Rory so lebte. Rory mit den Gaukler-Augen, genau wie er selbst, genau wie Mike. Irgend etwas verband sie, das spürte er genau.

Heute war wieder eine Lieferung für die Kelly-Farm fällig. Dort fuhr er besonders gerne hin. Die Leute waren bitterarm, das merkte er an den Dingen, die sie bestellten. Wirklich nur das nötigste, nur Dinge, die man nicht selbst herstellen konnte. Trotzdem waren sie immer gut gelaunt und luden ihn jedes Mal auf eine Limonade oder sogar auf ein Stück Kuchen ein und plauderten dann eine Weile mit ihm. Die Kellys hatten zwei Söhne, Joseph und Jeremiah, die acht und zehn Jahre alt waren. Zwei liebenswerte Lausbuben, die immer um seine Wagen herumtollten, dankbar für die Abwechslung auf ihrer abgelegenen Farm. Am Anfang hatte er ihnen mal einen Schokoriegel schenken wollen, aber sie nahmen nichts an, was sie nicht bezahlen konnten. Jetzt benutzte Martin deshalb einen Trick. Immer gab es irgendetwas, wobei sie ihm helfen mussten, weil er das alleine gar nicht geschafft hätte. Dann entschuldigte er sich, dass er ihnen keinen Lohn zahlen könne und bot stattdessen Naturalien an, die auch gerne genommen wurden. Mittlerweile hatte er schon das Gefühl zwei kleine Brüder zu haben.

Kaum war er auf den Hof gefahren, kamen sie auch bereits angerannt, umkreisten den Lieferwagen und hüpften hoch, um besser hineinsehen zu können. Langsam und ächzend stieg Martin aus, ging nach hinten zur Heckklappe und öffnete sie.
„Gut, dass ihr da seid Jungs! Ich habe mir das Handgelenk verstaucht und kann nicht mehr richtig heben. Könntet ihr mir bitte die beiden Kisten ins Haus tragen?"
Sofort waren sie dabei und schleppten die erste Kiste zusammen ins Haus, derweil Frau Kelly auf der Veranda stand und lächelnd mit dem Finger drohte.
„Martin, du weißt ganz genau, dass Kinderarbeit nicht erlaubt ist. Na ja, heute will ich mal ein Auge zudrücken, wenn du so schwer verletzt bist. Komm her, wir wollen versuchen ob wir das Leiden mit einem Stück Kuchen lindern können."
Und schon saß er auf der Veranda ein Stück Kuchen in der Hand und eine Tasse Tee vor sich. Bald hatten die Kinder auch die zweite Kiste ins Haus geschleppt und standen jetzt erwartungsvoll vor ihm. Und gleich war das Feilschen um einen gerechten Lohn in vollem Gange. Die zwei hatten an je ein Tütchen Brause gedacht. Das hatte er „leider" nicht dabei und bot

dafür als „Ersatz" zwei Tafeln Schokolade an. Das war ihnen zu viel und nach längerem hin und her einigte man sich dann auf eine Tafel Schokolade und eine Rolle Brausebonbons. Glücklich zogen sie ab.
„Du wärst sicher ein toller Vater!", sagte Frau Kelly. „Gibt es denn da bereits ein Mädel, das dein Herz erobert hat?"
„Nein, nein!", wehrte er lachend ab. „Ich bin ja erst ein paar Wochen hier und die Arbeit frisst mich total auf. Da bleibt keine Zeit für so etwas."
Aber tief in seinem Innern gab es ihm einen Stich. Es war schon ein Leere in ihm, die sich nach einem Menschen sehnte, der mehr als ein Freund war. Gwynneth war noch nicht vergessen.

Gwynneth machte heute Inventur, nicht materiell sondern eher spirituell. Nach dem Gespräch mit ihrer Drachenfreundin Roxeanne hatte sie lange nachgedacht, hatte ihre Motive auf den Prüfstand gestellt und endlich zugeben müssen, dass Roxeanne recht hatte. Was sie da mit den Inseln machte, war den Menschen gegenüber nicht gerecht. Nur weil einige schlecht waren, konnte man nicht alle bestrafen und ihr Selbstbetrug, dass die Menschen es ja so wollten, war aus ihrem neuen Blickwinkel auf die Dinge doch sehr offensichtlich.

Es hatte einige Tage gedauert, bis sich diese Erkenntnis in Handlungswillen verwandelt hatte, doch danach hatte sie Nägel mit Köpfen gemacht, wie die Menschen so sagten.

Sie hatte alle, die gerade auf den Inseln waren, zurück in ihr normales Leben geschickt. Es würde etwas dauern, bis sie sich dort wieder zurecht fanden, aber eventuell war das ja auch der Anstoß für Änderung zum Positiven.

Danach hatte sie die Illusion der Inseln gelöscht und zurück geblieben waren nur ein paar nackte Felsen im Nebel.

Was folgte war der schwierigste Teil, denn wie sollte sie ihr Leben jetzt neu definieren, nachdem die Insel so viele Jahre der Mittelpunkt gewesen waren. Sie war dann dem Rat ihrer Freundin gefolgt und hatte sich eine kleine unauffällige Existenz inmitten der Menschen aufgebaut. Und wieder hatte Roxeanne Recht gehabt, die Menschen waren angenehme Nachbarn, wenn man sie ein wenig mit Vorsicht genoss. Sie wohnte etwas abseits, konnte also selbst bestimmen, wie viel Kontakt sie hatte, aber diese Möglichkeit jederzeit Kontakt haben zu können, ein wenig belanglos zu plaudern oder auch sogar tiefschürfende Gespräche zu führen war ein Geschenk. Darüber hinaus war ihre neue Existenz mit täglicher Arbeit verbunden, wenn sie glaubwürdig sein wollte und sie wollte. So hatte sie jeden Tag einen ausgefüllten Tag und Langeweile war selten. Es ließ sich gut an.

Aber auf ihrer Liste der Dinge, die zu tun waren, gab es auch noch offenen Posten. Was war mit den Menschen, die damals ihre Insel erreicht hatten und irgendwann wieder gegangen waren?

Nathaniel lebte nicht mehr, denn sie hatte es gespürt, als er starb. Aber Michael lebte noch und da bestand Klärungsbedarf. Sie würde sich dem stellen müssen und es war ihr etwas bange davor. Wie würde er reagieren, wenn sie plötzlich bei ihm auftauchte? Würde er überhaupt mit ihr reden wollen? Und wenn ja, würde er ihre Motive auch nur ansatzweise verstehen können? Und am allerwichtigsten, würde er ihr vergeben können?

Martin hatte seine Tour beendet und freute sich jetzt auf die letzte Aufgabe des Tages. Er musste noch die bestellten Sachen zu Rory dem Druiden bringen und er war ja schon mächtig neugierig. Zum Glück regnete es heute nicht und das waren die besten Voraussetzungen um sich auf Rory's Landsitz in Ruhe umzuschauen.
Bald hatte er den vereinbarten Treffpunkt erreicht und Rory wartete bereits am Straßenrand. Martin hielt an, jeder nahm eine Kiste und dann machten sie sich auf den Weg. Ein kaum sichtbarer, schmaler Pfad führte über eine karge, felsige Wiese nirgendwohin. Bald konnte Martin in der Ferne einige Baumwipfel erkennen, die wahrscheinlich ihr Ziel markierten, denn der Pfad führte auch geradewegs dorthin. Dort angekommen blieb Martin überrascht stehen und schaute staunend auf das Bild, das sich ihm bot. Eine grüne Oase in dieser sonst so vegetationsarmen Landschaft. In einer Senke mit einem Durchmesser von etwa 50 Metern, standen Bäume dicht an dicht. Nur wenige waren so hoch, dass er sie über die Oberkante der Mulde hatte sehen können. Die meisten hatten sich niedrig und breit geduckt um dem ständigen Wind zu entgehen, der vom nahen Meer herüber blies. Die ganze Szene hatte etwas irreales und mystisches, der richtige Ort für einen Druiden. Und der marschierte auch unbeirrt weiter und verschwand zwischen den Bäumen. Schnell lief Martin hinterher, um ihn nicht zu verlieren. Nach einer kurzen Strecke durch das Halbdunkel des Wäldchens, wartete die nächste Überraschung. Es wurde schlagartig hell, als sie eine Lichtung betraten. Ein kleiner Teich, eingerahmt von einer Wiese. Am rechten Ende eine niedrige Hütte, angelehnt an einen Baum und umgeben von ordentlich gepflegten Beeten. Es hätte perfekt als Illustration in ein Märchenbuch gepasst. An der Hütte angekommen, stellte Rory die Kiste ab und drehte sich mit ausgebreiteten Armen einmal um sich selbst.
„Willkommen auf meinem Landsitz Rorington Castle! Leider haben die Knechte heute ihren freien Tag, sodass wir das Entladen selbst vornehmen müssen."

Im Innern der Hütte gab es nur einen Raum mit einer Feuerstelle, einem Tisch mit zwei Hockern, einem Stapel Decken am Boden, die offensichtlich das Bett bildeten und mehreren Regalen an den

Wänden, in die jetzt die Vorräte einsortiert wurden. Martin reichte an, Rory stellte die Sachen mit sicherem Griff auf die dafür vorgesehenen Stellen und flugs waren sie fertig.
„Lass uns wieder nach draußen gehen.", sagte Rory, „Da ist es schöner!"
Als sie es sich unter einem Baum gemütlich gemacht hatten, ergriff Rory wieder das Wort.
„Wie gefällt dir mein Reich?"
„Sehr schön! Wie aus dem Bilderbuch.", antwortete Martin. „Aber vermisst du denn nichts hier draußen?"
„Weißt du Martin, ich habe alles gehabt, was man vermissen könnte, doch das Erstaunliche ist, dass ich es nicht tue."
Und dann erzählte er ihm kurz von seiner Vergangenheit und wie er hierher gekommen war. Und auch Martin erzählte seine Geschichte, wobei er die Inseln als lange Reise beschrieb, von der er mittellos zurückgekommen war und wie Paddy ihn mit dem Job gerettet hatte. Hätte er die ganze Wahrheit erzählt, hätte Rory ihn eventuell für verrückt gehalten. Danach schwiegen sie lange, hingen ihren Gedanken nach und schauten den Wolken zu, die mit dem Wind über den Himmel zogen.
Als Martin sich verabschiedete, nahm Rory seine Hand und drückte sie fest.
„Komme mal wieder vorbei. Ich würde mich sehr freuen. Und vielleicht lernst du dann auch Roxeanne kennen, die einer der Gründe ist warum mir hier nichts fehlt."

Martin brachte mal wieder eine Lieferung zu Mrs. Miller. Die lebte allein auf einer kleinen Farm und war sicherlich bereits über siebzig. Die Frau tat ihm leid, weil sie so einsam lebte und sich so plagen musste ohne jegliche Hilfe. Fast jedes Mal, wenn er eine Lieferung brachte, erledigte er auch eine der dringenden Arbeiten, die Mrs. Miller nicht mehr schaffte. Auch heute hatte er wieder ein Leck im Dach abgedichtet und jetzt saßen sie in ihrer kleinen Küche beim Tee.

„Es wäre schön, wenn Du endlich dieses blöde Mrs. Miller lassen würdest. Sag einfach Maggie zu mir, wir kennen uns doch schon lange genug."

„OK Maggie! Und vielen Dank für den Tee, der tut gut nach der Arbeit."

Dann fing Maggie an zu erzählen. Sagte ihm, dass sie sehr wohl sein Mitleid bemerkte, es aber nicht für angebracht halte.

Natürlich war ihr Glas des Lebens fast leer, nur noch ein kümmerlicher Rest schwamm auf dem Boden und war zudem schon abgestanden. Aber alles andere, das hatte sie getrunken und es hatte hervorragend geschmeckt.

Ihre Jugend, als noch alles neu und spannend war. Was hatten sie nicht alles für Abenteuer erlebt.

Dann hatte sie ihren Mann kennen und lieben gelernt. Zusammen hatten sie die kleine Farm aufgebaut und bewirtschaftet. Es hatte gute und schlechte Jahre gegeben, aber immer hatten sie zusammengestanden und da konnte nichts ihnen etwas anhaben.

Zwei Kinder hatten sie großgezogen, hatten beobachten können, wie sie sich entwickelten. Sie waren ihr ganzer Stolz gewesen. Beide hatten eine gute Ausbildung erhalten und ihren Weg gemacht. Heute lebten sie weit weg in England, weil es dort Arbeit gab und hatten selbst schon wieder große Kinder. Man sah sich selten, aber wenn, dann war das ein Fest ohne gleichen.

Dann war ihr Mann gestorben und sie hatte lange überlegt, ob sich das Leben überhaupt noch lohne. Doch sie hatte ihm versprochen auf die Farm aufzupassen und das tat sie auch, seit zwanzig Jahren schon. Ihr Edgar war sicher ganz stolz auf sie.

„Weißt Du Martin, ich bin nicht einsam. Alles hier steckt so voller Erinnerungen. Mit jedem Gegenstand ist eine Geschichte verknüpft und Du kannst sicher sein, ich habe keine einzige vergessen. Aber ich habe nicht nur die Vergangenheit, auch die Gegenwart hat noch eine Menge zu bieten. Zum Beispiel kommt alle zwei Wochen die Lieferung und der Fahrer ist so ein netter Kerl. Darauf freue ich mich immer schon tagelang."

„Du siehst also, Du musst kein Mitleid mit mir haben. Mein Glas ist zwar leer, aber mein Herz ist voll und das ist es, was zählt."

Martin hatte mal wieder seine Tour frühzeitig beendet und nutzte das zu einem Besuch beim Druiden.
Das war ihm bereits zu einer lieben Gewohnheit geworden, denn sie lagen offensichtlich auf einer Wellenlänge und konnten deshalb über alles reden. Meistens saßen sie unter einem Baum, schauten in die Wolken und wälzten Themen von trivial über sinnlos bis tief philosophisch. Inzwischen kannte Rory auch die Geschichte von den Inseln. Entgegen Martin's Befürchtungen, hatte er nicht einmal mit einer Wimper gezuckt.
„Na, da hast du ja auch einiges hinter dir!", war sein einziger Kommentar.
Später hatten sie darüber diskutiert, ob Gwynneth wohl der einzige Drache war, den es noch gab. Wenn nicht, ob Drachen dann noch überall auf der Welt zu finden waren oder nur in Gegenden mit keltischer Vergangenheit, weil sie da so gut hinpassten. Wie gesagt, mit Rory konnte man prima reden.
Mit Paddy verstand er sich zwar auch gut, aber das ging nicht so tief. Ihm hatte er bis heute nicht von den Inseln erzählt. Auch mit Mike hatte er nie mehr über die Inseln gesprochen. Dieses Thema war tabu, wenn sie sich ab und an im Pub trafen.

Jetzt stellte er den Lieferwagen am Straßenrand ab, schnappte sich die Tüte mit dem Kuchen, den er extra für Rory mitgenommen hatte und machte sich auf den Weg. Bald hatte er die Senke erreicht, ging durch das Wäldchen und erreichte die Lichtung. Der Weg war ihm mittlerweile vertraut, wie sein Heimweg.
Doch diesmal war es anders, denn Rory war nicht alleine. Er ging am Ufer des Teiches auf und ab, ins Gespräch vertieft mit einer Frau. Sie war groß, kräftig mit kurzen feuerroten Haaren und sehr lebhaft. Gestenreich begleitete sie ihre Rede, unterbrochen von häufigem Lachen, ein richtiger Temperaments-Bolzen. Das musste Roxeanne sein, von der er schon so oft erzählt hatte.
Jetzt hatten sie ihn entdeckt und kamen ihm entgegen.
„Schön dich mal wieder zu sehen", begann Rory. „Und heute kann ich dir endlich Roxeanne vorstellen. Roxeanne, das ist Martin, von dem du schon so viel gehört hast."

„Es freut mich, dich endlich kennen zu lernen", begrüßte sie ihn.
„Du bist also auf der Dracheninsel gewesen. Davon musst du mir erzählen, das finde ich ja so spannend."
Dabei musterte sie ihn mit echtem Interesse und Martin spürte, wie sich ihm die Nackenhaare stellten. Da war irgendetwas mit dieser Frau, irgendetwas, was ihm bekannt vorkam. Er wusste zwar nicht was, doch ihre starke Aura rief eine Erinnerung in ihm wach. Es würde ihm schon wieder einfallen.
„Auch ich freue mich dich endlich kennen zu lernen.", antwortete er. „Du glaubst ja gar nicht wie oft Rory von dir erzählt."
Dann gingen sie zur Hütte und redeten über alles mögliche, bis Rory Tee kochen wollte, damit sie den Kuchen nicht trocken runterwürgen mussten, wie er sich ausdrückte.

Martin sagte, dass er die Zeit nutzen wollte, um die Aussicht an der Steilküste zu genießen und Roxeanne schloss sich an.
Als sie die Senke hinter sich gelassen hatten und die letzten Meter zur Felskante zurücklegten, durchschoss ihn die Erkenntnis wie ein Blitz und er wusste, was es mit Roxeanne auf sich hatte. Eine Frau mit einer bemerkenswerten Ausstrahlung, ein Mann mit Gaukler-Augen, wie er sie hatte, diese Kombination kam ihm ja so bekannt vor. Da gab es eine sehr wahrscheinliche Vermutung.
„Du interessierst dich nicht wirklich für die Dracheninsel", sagte er zu ihr. „Das hast du nicht nötig, denn du bist selbst ein Drache."
Abrupt blieb sie stehen und schaute ihn einen Moment verdutzt an, dann stahl sich ein Lächeln auf ihr Gesicht.
„Du bist nicht nur hübsch, sondern auch ein helles Kerlchen, Martin. Jetzt verstehe ich, warum Gwynneth ihr Herz an dich verloren hat. Aber erzähle Rory nichts davon, ich weiß nicht, ob er dafür schon bereit ist."
Beim Stichwort Gwynneth fielen Martin sofort tausend Fragen ein, die er stellen wollte, doch dazu kam er nicht. Roxeanne wandte sich um und sprang über die Felskante, verwandelte sich in einen prächtigen feuerroten Drachen, drehte eine Runde und kam noch einmal bei ihm vorbei.
„Sag Rory, ich hätte plötzlich weg gemusst. Er ist das gewöhnt. Und du, passe auf dich auf. Wenn man sich einmal mit Drachen eingelassen hat, wird man sie nicht so leicht wieder los."
Mit einem eleganten Schwung zog sie nach oben und verschwand in den Wolken. Martin aber stand noch einige Minuten wie angewurzelt da und versuchte seine Gedanken zu ordnen.

Michael lag auf seinem Bett und bemühte sich die Schmerzen in seiner Brust zu ignorieren. In letzter Zeit hatte ihm das Herz öfter Probleme gemacht, aber heute war es besonders schlimm. Eine eiserne Klammer hatte seine Brust umschlossen, raubte ihm den Atem und die Stiche, die er spürte lagen direkt in seinem Herzen. „Ist es so, wenn man stirbt?", überlegte er. „Werde ich hier allein in meinem Zimmer das Leben aushauchen?"
Die meiste Zeit seines Lebens war er stolz darauf gewesen, dass er niemand brauchte. Er hatte sich das an Gesellschaft genommen, was ihm nötig schien, aber nach seiner Zeit auf den Inseln, war ihm kein Mensch mehr wirklich nahe gekommen. Doch jetzt spürte er die ganze Einsamkeit, die er sich selbst auferlegt hatte und die noch mehr schmerzte als alles andere.

Der verrückte Deutsche fiel ihm ein, der, der der auch die Inseln besucht hatte und genau wie er zurückgekommen war. Wie falsch er doch gehandelt hatte, ihn so brüsk abzuweisen, wo er genau wusste, wie man sich da fühlt. Eifersucht ist es gewesen, Eifersucht nach all den Jahren. Eifersucht wegen dieser Frau, die er zu hassen geglaubt hatte und doch noch immer liebte. Wir Menschen sind schon merkwürdige Wesen, vergraben uns in unserem Selbstmitleid statt uns dem Leben zu stellen. Da hätte er auch auf einer der Inseln bleiben können. Immer nur das Bild der bösen Gwynneth hatte er gepflegt und sich nie wirklich gefragt, wieso er denn dorthin gegangen war. Nichts hatte er gelernt und jetzt war es zu spät.

Plötzlich hörte er, wie die Zimmertür geöffnet wurde, konnte aber in der Dunkelheit nicht sehen wer da hereinkam.
„Wer ist da?", fragte er mühsam.
„Hallo Michael", kam die Antwort.
Michael war verblüfft. Wer konnte das sein? Niemand nannte ihn Michael. Er war der alte Mike und das bereits seit vielen Jahren.
„Wer bist du?", fragte er erneut.
„Ich bin es, Gwynneth. Ich habe gespürt, wie dein Lebenslicht zu flackern begann und möchte mich von dir verabschieden. Doch bevor du gehst, will ich meinen Frieden mit dir machen."

Dann setzte sie sich auf sein Bett, nahm seine Hand und sofort waren seine Schmerzen wie weggeblasen. Ein große Ruhe überkam ihn und aufmerksam lauschte er den Worten von Gwynneth.

Sie erzählte ihm die ganze Geschichte der Inseln, angefangen mit Sir Patrick und dem Drachenkampf, der nie stattgefunden hatte, ihre Enttäuschung über die Menschen, die alles weggeworfen hatten, was Jahrhunderte gut funktioniert hatte, wie sie sich zurückgezogen und gegrübelt hatte und wie dann die Idee der Inseln entstanden war. Sie hatte ihnen nur gegeben, was sie sich sehnlichst gewünscht hatten und dann zugeschaut, wie sie sich selbst zerstörten.

Dann erzählte sie ihm, dass sie erkannt hatte, wie falsch die Inseln waren, welches Unrecht und Leid sie denen zugefügt hatte, die vorher schon einen Tiefpunkt ihres Lebens erreicht hatten. Wiedergutmachen konnte sie es nicht, aber die Inseln gab es nicht mehr und niemand würde mehr durch ihre Verlockungen zugrunde gehen können.

Auch an ihm konnte sie nichts mehr gut machen, konnte ihm nur sagen, dass sie ihn immer geliebt hatte für das, was er war. Seine Ehrlichkeit, seine bedingungslose Aufrichtigkeit und seine absolute Integrität. Seine Musik, seine Fröhlichkeit und auch seine Männlichkeit.

Lange erzählte sie und Michael hörte zu.

Als der Morgen die ersten Lichtstrahlen durch das Fenster auf Michaels Gesicht warf, da war er für immer eingeschlafen, doch ein Lächeln lag noch im Tod auf seinen Lippen.

Als sich Martin morgens mit Paddy traf um den Tag zu besprechen, wirkte Paddy irgendwie bedrückt. Das war merkwürdig, denn Paddy hatte eigentlich immer gute Laune. Martin sprach ihn darauf an und Paddy teilte ihm mit, dass ein guter Freund gestorben sei. Martin wollte ihm daraufhin sein Beileid aussprechen, wurde aber sofort von Paddy unterbrochen. „Du kennst ihn doch auch. Mann, das habe ich ja ganz vergessen. Mike ist tot, der alte Mike, der Vagabund und Sänger. Du weißt doch, der dir den Job bei mir verschafft hat."

Das traf Martin wie ein Schlag. Mike hatte zu seinem neuen Leben hier in Irland gehört, fast vom ersten Tag an. Und er hatte immer das Lied gesungen, das Lied von den Inseln. Sofort kamen alle Erinnerungen wieder hoch, lange unterdrückt aber immer noch so frisch wie am Tag seiner Rückkehr von den Inseln.

Martin nahm Paddy in den Arm und eine Weile weinten sie beide. „Übermorgen ist die Beerdigung, da müssen die Kunden auf uns verzichten, das werden sie verstehen. Wir können Mike doch auf seinem letzten Weg nicht alleine lassen", sagte Paddy danach und Martin nickte.

Zwei Tage später standen sie dann auf einem kleinen Friedhof, irgendwo bei einem winzigen Dorf. Das Wetter war noch mieser als ihre Stimmung, es regnete in Strömen und ein böiger Wind blies ihnen das Wasser ins Gesicht. Viele waren nicht gekommen, nur ein paar Frauen im Alter passend zu Mike. Wahrscheinlich seine verschiedenen Freundinnen, die ihm auf seinen Wanderungen Obdach gewährt hatten. Dazu noch vier Männer, die den Sarg getragen hatten und der Pfarrer.

Der Pfarrer beeilte sich, wollte offensichtlich schnell wieder ins Trockene. Und so dauerte es nicht lange, bis der Sarg in die Grube gelassen wurde und alle ans Grab traten, um einen letzten Blumengruß oder eine Schaufel Erde hineinzuwerfen. Martin war der Letzte in der kurzen Reihe. Lange schaute er auf den einfachen Holzsarg, in dem jetzt Mike für immer ruhte. Es war schon merkwürdig, dass er von nun an mit seinen Erinnerungen an die Inseln alleine war. Jetzt gehörte Gwynneth nur noch ihm. Ein komisches Gefühl, das ihm ganz klar sagte, dass er dieses Kapitel seines Lebens bestimmt noch nicht verarbeitet hatte. Wie viele Minuten er so da gestanden hatte, konnte er später nicht mehr sagen. Doch als er wieder aus seinen Gedanken auftauchte, waren die anderen bereits weg. Auch Paddy, aber das machte nichts, denn Martin war mit dem eigenen Lieferwagen da. Nur die vier Männer warteten noch geduldig darauf, die Grube zu schließen. Als er sich wegdrehte um zu gehen, bemerkte er plötzlich, dass hinter ihm doch noch jemand stand.

Eine junge Frau, die er vorher bestimmt nicht auf dem Friedhof gesehen hatte. Er schätzte sie auf Mitte zwanzig, mit einer riesigen widerspenstigen Mähne aus kastanienrotem Haar und den traurigsten Augen, die er je gesehen hatte. Als ihm bewusst wurde, wie er sie anstarrte, trat er schnell einen Schritt zur Seite, um sie ans Grab zu lassen. Wer mochte sie wohl sein? Bestimmt nicht eine seiner Freundinnen, dazu war sie zu jung. Oder doch? Die tollsten Gedanken schossen ihm durch den Kopf. Vielleicht war sie auch seine Tochter. Bei den zahlreichen Freundinnen, war das nicht ganz unwahrscheinlich. Oder hatte sie ihn nur als Sänger gekannt und auch „das Lied" geliebt? Er würde es wahrscheinlich nie erfahren.

An der Straße angekommen, bemerkte er, dass außer seinem Lieferwagen nur noch der Leichenwagen am Straßenrand stand. Wie war das Mädchen hierher gekommen? Doch nicht etwa gelaufen, bei diesem Wetter? Da kam ihm eine Idee. Als das Mädchen kurz darauf an der Straße auftauchte, fasste er sich ein Herz, trat er ihr entgegen und sprach sie an.
„Ich bin mit dem Auto da und könnte sie mitnehmen. Bei diesem Wetter sollten sie nicht laufen!"
Sie musterte ihn kurz von Kopf bis Fuß und nickte dann. Ihr Gesicht war tieftraurig und von Tränen überströmt aber wunderschön. Ein leises Kribbeln ging durch seinen Magen. Abrupt drehte er sich um und ging voraus zum Wagen.
So lernte er Gwendolin kennen.

Heute war Roxeanne sehr nachdenklich und angespannt. Sie war auf den Klippen in der Nähe von Rorys Wäldchen gelandet und hatte Menschengestalt angenommen. Jetzt saß sie auf einem der Felsen und versuchte Ordnung und Ruhe in ihre Gedanken zu bekommen. Die Begegnung mit Martin hatte ihr wohlgeordnetes Leben durcheinander gebracht. Nie hätte sie gedacht, dass Gwynneth einmal solchen Einfluß auf ihr Leben haben könnte. Ihr Lehrmeister auf dem Archipel hatte aber immer schon gesagt, dass sie lieber dreimal überlegen solle, was sie tat, denn das Schicksal aller Wesen sei verknüpft. Ganz schwer sei es die Folgen des eigenen Handelns in seiner ganzen Breite abzuschätzen. Wie recht er doch hatte.

„Nein!! Nicht ins Grübeln kommen!!", rief sie sich zur Ordnung. Rory hatte Martins Geschichte sehr spannend gefunden, hatte großes Interesse an Drachen gezeigt. Keine Spur von Angst oder Abneigung. Deshalb war sie jetzt hier. Heute wollte sie Rory eröffnen, wer sie wahrhaftig war, wollte das Versteckspiel beenden.

Aber was, wenn sie sich irrte und Rory sich von ihr abwandte? Entschlossen stand sie auf und machte sich auf den Weg. Sie würde es nie erfahren, wenn sie es nicht endlich tat.

Am nächsten Tag war Martin wieder unterwegs auf seiner Tour. Als er in der Nähe von Rorys Wäldchen auf der Straße fuhr, huschte plötzlich ein großer dunkler Schatten über sein Auto. Instinktiv bremste er und schaute, was das wohl gewesen sein mochte, doch er sah nichts. Merkwürdig! Nachdem er noch einmal geschaut hatte, fuhr er vorsichtig weiter.

Hinter der nächsten Kurve stand Roxeanne am Straßenrand und winkte heftig. Martin hielt an, sie stieg ein und meinte grinsend, dass er sich hoffentlich nicht zu sehr erschreckt hatte.

Dann erzählte sie ihm, dass er einen positiven Einfluss auf sie habe, denn sie hatte endlich den Mut gefunden Rory ihre wahre Identität zu offenbaren. Und es war genau die richtige Entscheidung gewesen. Rory war begeistert und sie hatten direkt einen gemeinsamen Flug unternommen. Sie als Drache und Rory huckepack, laut schreiend vor Begeisterung. Danach hatten sie sich ausgiebig geliebt und dann lange gefeiert. Seitdem war sie fast nur noch bei ihm und sie lebten ihre neue Zweisamkeit. Und weil Martin für diese tolle Entwicklung mit verantwortlich war, hatte sie ihn gesucht, um ihm das mitzuteilen. Er sei auch weiterhin jederzeit in Rorys Wäldchen willkommen, solle aber anklopfen, wie sie mit einem strahlenden Lächeln meinte. Und schon musste er anhalten, denn sie wollte wieder weg einen sehr nachdenklichen Martin zurück lassend, der einen leichten Anflug von Neid verspürte. Dann fiel ihm irgendwie Gwendolin ein und er verspürte wieder dieses Kribbeln in seinem Magen.

Gwendolin lebte auf einer kleinen Farm, weit abseits vom nächsten Dorf. Mit seinem Lieferwagen war Martin noch nie dorthin gekommen. Doch das änderte sich jetzt. Er überzeugte sie davon, dass sie viel Zeit sparen würde, wenn er ihr die Einkäufe bringen würde und sie rief ihn danach regelmäßig an, um ihre Bestellungen aufzugeben. Genauso regelmäßig baute er ihre kleine Farm in seine Tour ein, egal welcher Tag und welche Tour das war.
Und jedes mal wollte er ihr erzählen von dem Kribbeln in seinem Bauch, dass sie die schönste Frau der Welt sei, dass er in ihrer Gegenwart einfach glücklich war, dass er sich in sie verliebt hatte. Aber er traute sich nicht, hatte Angst vor einer Zurückweisung, Angst davor sie zu verlieren noch bevor er sie gewonnen hatte. Und so plauderten sie unverbindlich, redeten auch über Probleme des Alltags, machten auch mal Scherze, eher so wie gute Freunde.
Paddy fing bald an ihn damit zu necken.
„Diese Farm liegt ja wirklich unheimlich zentral. Egal woher man kommt, man kann immer abkürzen, wenn man dort vorbei fährt. Und am erstaunlichsten ist, das ausgerechnet ein Ortsfremder das herausgefunden hat, während wir Einheimischen immer noch riesige Umwege in Kauf nehmen."
Doch Martin war das egal, er war einfach glücklich, wenn er auf Gwendolins Farm ankam und nach einem kurzen Hupen irgendwo ihr Wuschelkopf auftauchte. Er konnte sich nicht sattsehen an ihrem Anblick. Es wurde ihm warm ums Herz und ganz automatisch erschien ein glückliches Lächeln auf seinem Gesicht.
Es dauerte nicht lange, dann fuhr er auch bei ihr vorbei, wenn sie nichts bestellt hatte. Oft half er ihr bei Arbeiten, die für sie allein sehr schwer oder gar unmöglich gewesen wären oder sie saßen einfach so auf der Veranda und plauderten. Martin hätte tagelang da sitzen können und zuschauen, wie sie temperamentvoll eine Geschichte aus ihrem Leben erzählte. Sie gehörte zu einer Zigeunersippe und war von Kindheit an mit ihnen in Irland unterwegs gewesen. Dabei hatte sie auch Michael kennengelernt. Er war oft zum fahrenden Volk gekommen, hatte mit ihnen geredet, gefeiert und natürlich auch gesungen. Als sie jedoch erwachsen geworden war, hatte sie das ewige Herumfahren satt

gehabt. Deshalb war sie das Angebot der Regierung eingegangen, das allen Zigeunern einen neuen Pass verschaffte, die nie straffällig geworden waren, einen festen Wohnsitz nachweisen konnten und einen Iren mit einwandfreiem Leumund fanden, der für sie bürgte. Zu Schulden hatte sie sich nie etwas kommen lassen und die Vorbesitzer der Farm hatten für sie gebürgt, weil Gwendolins Vater ihnen einen guten Preis für die Farm gemacht hatte, der ihnen erlaubte sich ein kleines Haus im nächsten Dorf zu kaufen und dort von ihrer Rente zu leben. Arbeit hatte sie auch, denn sie war ja Farm-Besitzerin. So lebte sie jetzt bereits seit drei Jahren auf ihrer kleinen Farm und bestellte diese so gut es ihr allein möglich war. Das war zwar anstrengend, um nicht zu sagen hart, doch sie hatte ihre Entscheidung nie bereut. Früher war auch Michael öfter vorbei gekommen, hatte so gut er konnte mit angepackt und die letzten Neuigkeiten von ihrer Sippe erzählt. Finanziell kam sie gerade so über die Runden. Ihre Sippe hätte sie sicher unterstützt, wenn sie gefragt hätte, aber das wollte sie auf keinen Fall. Sie hatte ihre Entscheidung getroffen und wollte jetzt auch total auf eigen Füßen stehen. Und seit einiger Zeit hatte sie ja auch wieder tatkräftige Unterstützung, wie sie lachend hinzufügte.

Rory war nach dem Frühstück wieder bei seinen Beeten. Er hatte heute Zeit, denn Roxeanne war nicht da, hatte irgendetwas zu erledigen. „Drachengedöns", wie sie sagte. Seit Roxeanne fast immer bei ihm wohnte, waren seine Beete doch etwas zu kurz gekommen und auch seinen Baum hatte er selten besucht. Doch der würde das verstehen, würde ihm sein Glück nicht übel nehmen.
Er war mit einem Drachen zusammen!
In seiner Phantasie hatte er sich früher oft vorgestellt, wie die Zeiten waren, als Menschen und Drachen friedlich miteinander lebten. Doch selbst in seinen kühnsten Träumen war er nicht auf die Idee gekommen, dass seine Partnerin einmal ein Drache sein könnte.
Das Leben steckte voller Überraschungen, wenn man es zuließ. Martin fiel ihm ein, der diese Erfahrung bereits gemacht hatte. Leider nicht so positiv, wie bei ihm. Obwohl, wenn man die Parallelen zwischen ihnen suchte, dann hatte Martin jetzt die Katastrophe hinter sich und war gerade dabei sein Leben neu zu ordnen. Rory hoffte, dass diese Neuordnung zu einem ähnlich schönen Ergebnis führen würde, wie bei ihm. Allerdings war dazu auch einen gehörige Portion Geduld und Demut von Nöten, wie er aus eigener Erfahrung nur zu gut wusste. Wer weniger will, sich auf das Wesentliche beschränkt, der erreicht am Ende mehr. Mehr allerdings nicht im Sinne der Macht und Gier, sondern im Sinne wirklichen Glücks.
So, jetzt aber genug der Exkurse. Das Unkraut lässt sich nicht weg philosophieren, da braucht es schon echte Handarbeit.

Heute war Martin ganz aufgeregt. Es war Samstag und er hatte frei. Doch es drohte nicht wieder eines dieser langweiligen Wochenende, sondern er hatte etwas vor. Er würde zu Gwendolin auf die Farm fahren und ihr bei der Reparatur an der Scheune helfen. Er würde den ganzen Tag mit ihr zusammen sein und vielleicht kamen sie sich dabei ein bisschen näher. Er war sich eigentlich schon sicher, dass sie ihn auch mochte, aber er hatte sich einfach noch nicht getraut die Initiative zu ergreifen.

Auf der Farm angekommen, stürzten sie sich gleich in die Arbeit. Die Wetterseite der Scheune war kaputt. Die alten morschen Bretter wurden entfernt und durch neue ersetzt. Anschließend wurde die gesamte Wand gestrichen. Auch die Zwischendecke in der Scheune war teilweise gebrochen und musste ausgebessert werden. So fleißig sie auch waren, so mussten sie doch einsehen, das sie es nicht an einem Tag schaffen würden.
„Ich komme morgen noch einmal vorbei", schlug Martin vor. „Dann machen wir den Rest."
Gwendolin nahm das Angebot an, hatte allerdings eine Bedingung.
„Es macht keinen Sinn, wenn du nach Hause fährst, nur um morgen früh den ganzen Weg wieder zurück zu fahren!", verkündete sie mit einer Stimme, die keinen Widerspruch duldete. „Du bleibst heute hier und übernachtest im Gästezimmer. Basta!!"

Und so lag er dann im Gästezimmer und konnte nicht einschlafen. Tausend Gedanken schossen ihm durch den Kopf und alle drehten sich nur um eins, Gwendolin.
Als er dann gerade doch am Einschlafen war, ging die Tür und Gwendolin kam herein, nur bekleidet mit ihrer wilden Mähne. Sie kam zum Bett und schaute ihn lange an.
„Ich liebe dich Martin", sagte sie dann. „Und ich will nicht mehr warten, bis du dich endlich entschließt den ersten Schritt zu tun."

In dieser Nacht wurden alle Frauen in seiner Erinnerung ausgelöscht und es existierte nur noch Gwendolin.

Am nächsten Morgen wachte er vor Gwendolin auf. Lächelnd schaute er auf den wilden Haarknäuel auf dem Kissen neben sich, spürte die Wärme ihrer Haut und atmete ihren Duft ein. Wie schön konnte doch das Leben sein. Ganz zart küsste er ihre Schulter, was ein Lächeln auf ihre Lippen zauberte. Er wanderte mit seinen Küssen weiter und ihre Augen öffneten sich und strahlten ihn an. Danach war an Aufstehen nicht mehr zu denken, die Arbeit konnte warten, die lief nicht weg.
Als Martin am Sonntagabend zurück zu Paddy fuhr, strahlte er. Und das lag nicht nur daran, dass sie die Scheune doch noch erfolgreich repariert hatten. In seinem Kopf herrschte das totale Chaos. Er hatte immer noch keinen Plan, wie sein Leben weitergehen würde, aber zum ersten Mal war ihm das völlig egal. Mit Gwendolin an seiner Seite, konnte nichts schief gehen. Das hatte sich in der letzten Nacht gezeigt, als sie das Heft in die Hand genommen und seine Unsicherheiten einfach beiseite gefegt hatte. Mit dieser Frau würde sein Leben in eine wunderbare Zukunft starten. Und er strahlte und strahlte und platzte fast vor Freude. Als er an seinem Häuschen ankam, brannte bei Paddy kein Licht mehr und er konnte seine Freude nicht mit ihm teilen. Aber gleich am kommenden Morgen würde er das nachholen.

Doch der darauffolgende Morgen startete dann aber total anders. Ihm fiel sofort auf, dass Paddy bedrückt wirkte und er verzichtete deshalb auf seinen Gwendolin-Bericht. Lieber würde er eine bessere Gelegenheit abwarten. Als er Paddy fragte, was denn los sei, druckste der nur herum und wollte nicht mit der Sprache heraus. Schweigend beluden sie ihre Autos und fuhren auf ihre Touren. Den ganzen Tag war Martin nicht richtig bei der Sache, denn entweder dachte er an Gwendolin oder er sinnierte, was Paddy wohl für ein Problem hatte. Zum Glück waren seine Kunden ja alle ehrlich, denn sonst hätte er bestimmt viel Minus gemacht.
Martin war abends vor Paddy mit seiner Tour fertig, entlud sein Auto, räumte auf und wartete dann auf ihn. Der kam erst nach Einbruch der Dunkelheit zurück und genau so schweigend, wie am Morgen, entluden sie gemeinsam das rollende Kaufhaus. Erst als sie damit fertig waren, sagte Paddy plötzlich, dass sie reden müssten.
Bei einer Flasche Guinness kam dann heraus, was Paddy so bedrückte. Der Sommer war fast vorbei und damit auch die Hauptsaison für das rollende Kaufhaus. Nach der Ernte hatten die Leute wieder mehr Zeit und fuhren lieber in die Stadt zum Einkaufen, wo das Angebot breiter war und man auch noch andere Dinge erledigen konnte. Er benötigte deshalb im Winterhalbjahr keine Hilfe mehr, konnte sich die auch nicht leisten. Da er aber wusste, in welche Lage sich Martin befand, hatte er lange überlegt, wie er das Martin schonend beibringen konnte. Natürlich könne Martin weiter bei ihm wohnen, allerdings sei das Gartenhaus nicht zu heizen. Da war es heraus und Martin konnte nicht sofort etwas dazu sagen, denn sein Kartenhaus, das er den ganzen Sommer aufgebaut hatte, war mit einem Schlag eingestürzt. Bald aber siegte die gute Grundstimmung, die er seit Samstagabend hatte und er erzählte Paddy erst einmal von Gwendolin. Und wie er so am Erzählen war, wusste er plötzlich auch, was zu tun war. Er würde das Problem mit Gwendolin besprechen, denn sie war jetzt der Mensch, der ihm am nächsten stand. Auch das ließ er Paddy wissen und meinte, er solle sich also keine Sorgen machen, es würde sich schon eine Lösung finden.

Rory inspizierte wieder seine Beete auf seiner morgendlichen Runde. Roxeanne schlief noch und Rory hatte ein Lächeln auf den Lippen, wenn er an sie dachte. Seine Lebensqualität war erheblich gestiegen, seit sie fast ständig bei ihm war. Zu seinem abendlichen Blick von den Klippen war jetzt ab und an noch ein abendlicher Rundflug über die Klippen gekommen. So durch die Luft zu fliegen auf Roxeannes Rücken, war ein Erlebnis, das mit nichts zu vergleichen war, was er in seinem bisherigen Leben kennengelernt hatte.
Da wurden seine Glücksgefühle jäh durchbrochen, denn ein starker Druck legte sich auf seine Brust und raubte ihm den Atem. Kalter Schweiß lief ihm über das Gesicht und er krümmte sich in der Hoffnung sich dadurch Erleichterung zu verschaffen. Dann fiel er nach vorne auf den Boden und es wurde schwarz um ihn.

Als er wieder zu sich kam, lag er auf seinem Lager und eine besorgte Roxeanne beugte sich über ihn. Als sie bemerkte, dass er bei Bewusstsein war, erzählte sie ihm, dass sie ihn draußen bei den Beeten leblos liegend gefunden hatte und wollte wissen, was denn passiert sei. Er erzählte ihr alles, an was er sich erinnern konnte.
„Wir brauchen einen Arzt! Wo finde ich hier einen Arzt?" sagte sie darauf hin.
Doktor Walters war der nächste Arzt und er hatte seine Praxis in der nahegelegenen Ortschaft. Kaum hatte Roxeanne diese Information, sagte sie Rory, dass er ruhig liegen bleiben solle und schon machte sie sich auf den Weg.
Rory hatte kein Gefühl, wie lange sie unterwegs gewesen war, denn immer wieder war er weg-gedämmert. Doch dann stand sie mit Doktor Walters an seinem Lager. Der fühlte seinen Puls, prüfte den Blutdruck und ließ sich alle Symptome noch einmal erzählen. Seine Diagnose war nicht erheiternd, denn er war der Meinung, dass es zumindest die Vorboten eines Herzinfarkts waren, wenn nicht bereits ein leichter Infarkt. Er ließ ihm Tabletten da, die er regelmäßig nehmen sollte und meinte, dass er in jedem Falle zu einer genaueren Untersuchung in der Klinik gehen müsse, sobald er dazu in der Lage war. Mit einem Herzinfarkt sei nicht zu spaßen.

Martin lieh sich nach dem Gespräch mit Paddy sofort den Lieferwagen und fuhr zu Gwendolin. Unterwegs gingen ihm viele Gedanken durch den Kopf.
Wie würde Gwendolin reagieren?
War der Verlust seiner Arbeit vielleicht das Aus?
Gerade jetzt, wo es so schön begonnen hatte?
Wo würde er wohnen, wenn sie ihm nicht das Angebot machte?
Wenn ihr das alles zu schnell ging?
War er viel zu blauäugig durch denn Sommer gesegelt?
Hätte er sich nicht viel früher Gedanken über die Zukunft machen müssen?
Das Kopfkarussell drehte sich auf Hochtouren.

Gwendolin aber nahm die Neuigkeit total gelassen auf.
Natürlich würde er bei ihr einziehen, denn das hätte sie ihm sowieso vorgeschlagen.
Dass sie auf der Farm Hilfe benötige, das wisse er ja auch längst.
Also würde er in Zukunft auf der Farm arbeiten und dafür Kost und Logis erhalten. Ob es auch noch zu einem kleinen Taschengeld reichen würde, das müsse man sehen.

Martin war verblüfft, denn was eben noch ein riesiges Problem schien, hatte sich in kürzester Zeit in Nichts aufgelöst.
Doch das war noch nicht die letzte Überraschung des Abends, denn Gwendolin hatte bereits viel weiter über seine Zukunft nachgedacht.
Im Moment war er ja quasi ein Illegaler und das war gefährlich, gefährlich auch für sie, wenn sie ihm Unterkunft und Arbeit gab.
War sie doch selbst erst seit kurzem eine echte Irin mit Pass.
Auch ihren Bürgen wollte sie nicht in Bedrängnis bringen.
Deshalb musste auch Martin schnellstmöglich ein richtiger Ire werden, sofern er das wollte.
Nachdem er Zustimmung signalisiert hatte, aber fragte, wie das denn gehen solle, machte ihn Gwendolin mit den weiteren Schritten bekannt. Martin kam aus dem Staunen nicht heraus.
Er würde den selben Weg gehen, wie Gwendolin und würde das Gesetz zur Eingliederung der Zigeuner nutzen. Einen festen Wohnsitz hatte er jetzt bei Gwendolin, Arbeit und damit ein gesichertes Einkommen hatte er auch bei ihr und die notwendige

Bürgschaft würde sie ihm auch geben. Sie hatte einfach an alles gedacht.
Martin fand erst einmal keine Worte, doch Gwendolin in die Arme nehmen und mit ihr durch das Zimmer tanzen, das brachte er fertig. An diesem Abend fuhr er nicht mehr zurück zu Paddy, sondern feierte zusammen mit seiner neuen „Chefin" und „Vermieterin" die halbe Nacht.

Roxeanne wachte während der nächsten Zeit Tag und Nacht an Rorys Lager, versorgte ihn mit Essen und Trinken und achtete darauf, dass er regelmäßig seine Tabletten nahm.

Immer, wenn mal Zeit war, weil Rory schlief, flog sie zu Doktor Walters, um die nächsten Schritte zu erörtern.

Der war der Meinung, dass eine ausführliche Untersuchung in der Klinik unumgänglich war. Nur einen Gegner, den man kennt, kann man erfolgreich bekämpfen. Allerdings sei die Klinik nicht zum Nulltarif zu erhalten und Rory sei ja nicht versichert.

Sie einigten sich darauf, dass Doktor Walters mit der Klinik klären würde, wie viel Geld etwa erforderlich sei. Dabei würde er versuchen den Betrag so gering wie möglich zu halten mit Hinweis auf die soziale Lage des Patienten.

In der Zwischenzeit würde Roxeanne sich um die Finanzierung kümmern. Sie hatte da schon eine Idee, wie es funktionieren könnte.

Heute war der große Tag, der Tag an dem Martin wieder legal werden würde. Zu mindestens der erste Schritt, die Antragstellung auf dem Amt. Telefonisch hatten sie einen Termin ausgemacht und der Mitarbeiter hatte ihnen noch einmal erläutert, was benötigt werde. Ein fester Wohnsitz, eine feste Arbeit und einen Bürgen, der für alle eventuellen Forderungen zu bürgen bereit war, nichts neues also.

Der Mitarbeiter empfing sie freundlich, er freue sich über jeden, der das Angebot der Regierung annehme. Erst plauderten sie ein wenig so ganz allgemein und der Mitarbeiter fragte Martin dabei ganz „unauffällig" aus, wo er die letzten Monate gelebt hatte, was er so gemacht hätte und vieles mehr. Darauf war Martin vorbereitet und er erzählte von Gwendolins Sippe, zu der er gehörte und mit der er unterwegs gewesen sei. Das er aber das Herumreisen satt habe und lieber einen festen Lebensmittelpunkt bevorzuge für die Zukunft.
Da Namen ohne Pass ja nichts wert sind, wurde danach Martin fotografiert und sein Foto durch den Computer gejagt, um festzustellen, ob er in irgendwelche kriminellen Aktivitäten verwickelt war. Natürlich wurde nichts gefunden und die Papierarbeit begann.
Der erste Eintrag im Antrag war der neue Name und Martin hatte sich bereits im Vorfeld für „Martin Bird" entschieden. Dadurch blieb der Vogel erhalten, er war aber für den normalen Iren problemlos auszusprechen und damit unauffällig.
Danach war der feste Wohnsitz an der Reihe und Gwendolin bestätigte durch Unterschrift und Vorlage des Ausweises, dass Martin bei ihr wohne. Der Mitarbeiter überprüfte noch im Computer, dass Gwendolin die Farm gehörte und sie damit auch vermieten durfte.
Der nächste Punkt war die feste Arbeit. Dazu legte Martin den Arbeitsvertrag vor, den er mit Gwendolin abgeschlossen hatte und Gwendolin legte die amtliche Anmeldung ihres Agrarbetriebs vor, die ihr erlaubte Arbeitsverträge zu schließen. Der Mitarbeiter prüfte das, zwinkerte Martin lächelnd zu und meinte, dass er ja großes Glück habe, wenn er Unterkunft und Einkommen so aus einer Hand erhalte.

Als letzter Punkt war dann die Bürgschaft noch zu klären und hier zeigte sich, dass Gwendolin und Martin nicht ausreichend informiert waren. Gwendolin durfte gar nicht bürgen, denn sie war selbst nach dem neuen Gesetz eingebürgert worden und hatte damit eine Sperrfrist von zehn Jahren, bevor sie selbst bürgen konnte. Dem Mitarbeiter tat das sehr leid und er erläuterte ihnen auch gleich, was bei der Bürgschaft noch zu beachten war. Der Bürge konnte nicht einfach so bürgen, sondern er musste zusätzlich noch eine Bankbürgschaft in Höhe von zehntausend Euro abgeben. Auch das wäre im Moment für Gwendolin nicht möglich gewesen. Der Mitarbeiter war selbst ganz traurig und erklärte ihnen, dass der Antrag noch weiter bearbeitet werde könne, wenn Martin innerhalb von vier Wochen eine Bürgschaft vorlegen konnte, danach musste der Antrag komplett neu gestellt werden.
Ziemlich enttäuscht und traurig fuhren Gwendolin und Martin nach Hause, wo sie nach einem Ausweg aus diesem Dilemma suchten, aber auf die Schnelle keinen fanden. Der geplante Feiertag endete deshalb reichlich deprimiert.

Als Martin in der Nacht aufwachte, lugte gerade der Mond durch Fenster und warf seinen Schein aufs Bett. Er schaute neben sich und sah da ein wildes Haarbündel mit einem schmalen Gesicht, das friedlich die Augen geschlossen hatte. Sein Herz wollte schier überlaufen vor Freude und Glück. Und als ob Gwendolin das gespürt hätte, erschien plötzlich ein Lächeln auf ihren Lippen und Martin war davon so berührt, dass ihm die Tränen über die Wangen liefen.

Roxeanne hatte sich für Dublin entschieden, um das benötigte Geld für Rorys Klinikaufenthalt aufzutreiben. Dafür hatte sie eine schöne Halskette aus dem Mittelalter aus ihrem Besitz dabei. Der Wert war durch die Mischung aus wertvollen Steinen und antiquarischer Einmaligkeit erheblich, ihr war aber klar, dass sie höchstens die Hälfte des wahren Wertes würde bekommen können. Sie hatte sich im Vorfeld die Adressen von Juwelieren herausgesucht, die auch Schmuck ankauften.
Die erste Adresse war eine Enttäuschung, denn der Schmuck in der Auslage zeigte ihr, dass sie hier verkehrt war.
Da sah die zweite Adresse viel besser aus und als sie ihr Anliegen vortrug, landete sie sehr schnell mit dem Besitzer in einem Büro bei einer Tasse Tee.
Der Besitzer begutachtete die Halskette und zeigte sich interessiert. Als erstes fragte er nach einer möglichen Besitzurkunde, die Roxeanne natürlich nicht hatte. Das sei grundsätzlich kein Problem, sagte der Ladeninhaber, denn ihm sei kein annähernd ähnliches Stück aus den polizeilichen Diebstahllisten bekannt, es erhöhe aber trotzdem sein Risiko und habe deshalb Auswirkung auf sein Angebot.
Daraufhin reduzierte Roxeanne in Gedanken den Erlös auf ein Viertel.
Er untersuchte die Kette noch einmal genau, überlegte dann lange und machte ihr danach ein „großzügiges Angebot" über tausend Euro.
Roxeanne war sprachlos, denn die Kette hatte einen Wert von mindestens fünfundzwanzigtausend Euro. Was für einen Halunken hatte sie hier denn vor sich. Zuerst wollte sie empört aufstehen und gehen, doch dann entschied sie sich dafür dem Ladenbesitzer eine Lehre zu erteilen. Für was verfügte sie denn über Drachenmagie, wenn nicht für so einen Fall.
Kurze Zeit später hatte sie einen Vertrag über den Verkauf der Halskette unterschrieben, allerdings zu einem Preis von fünfundzwanzigtausend Euro. Ein Mitarbeiter wurde schnell zur Bank geschickt, um das Geld in bar zu besorgen. Während der Wartezeit lächelte der Besitzer ununterbrochen glücklich, denn er glaubte immer noch, das Eintausend-Euro-Schnäppchen gemacht zu haben. Kurz darauf wurde Roxeanne mit dem Geld in

ihrer Tasche auf das herzlichste verabschiedet und noch persönlich aus dem Laden geleitet.
Das böse Erwachen würde erst in ungefähr einer Stunde einsetzen, wenn die Magie nachließ und es würde sich noch verstärken, wenn er feststellte, dass der Ausweis, den sie vorgelegt hatte ungültig war und er und sein Personal nicht in der Lage sein würden die Frau, die die Kette verkauft hatte zu beschreiben.
Allerdings war auch niemand geschädigt, denn die Kette hatte ja ihren Wert und der Juwelier würde wahrscheinlich keinen Verlust damit machen. Selbst wenn der Juwelier ein Halunke war, Roxeanne war keiner.

Martin machte immer noch die Tour für Paddy, denn erst in ein paar Tagen zum Monatsende würde er seine Abschiedsrunde fahren. Allerdings war er bereits bei Paddy ausgezogen und wohnte schon bei Gwendolin. Deshalb war es erst am nächsten Abend, dass er mit Gwendolin zusammen saß und sie überlegten, wie das mit der Bürgschaft doch noch klappen könnte.
Gwendolins Sippe kam nicht in Frage, denn die waren ja keine legalen Iren.
Wen kannten sie noch?
Paddy war selbst finanziell nicht auf Rosen gebettet, da konnte man ihm das Risiko nicht aufbürden, obwohl er es eventuell gemacht hätte.
Martin kannte noch eine Menge Leute durch seine Liefertouren, doch niemand so gut, dass man ihn wegen der Bürgschaft fragen konnte. Außerdem waren die meisten auch nicht so reich, dass das in Frage gekommen wäre.
Sie waren erst einmal ratlos.
 Einfach so weiter machen wollten sie aber auch nicht, weil sie sonst immer Angst haben mussten, dass Martins illegaler Status Probleme verursachen könnte.
Am Schluss beendete Martin die Diskussion damit, dass ihm bis zum Monatsende noch etwas einfallen würde. Seit er Gwendolin kenne, sei er sicher, dass er einen Schutzengel habe und der würde ihn nicht im Stich lassen.
Und im Augenblick war er sich fast sicher, dass Gwendolin auch ein Engel war. Als er ihr das sagte, kam es zu einem „sehr ernsthaften" Streit mit anschließender „noch ernsthafterer" Versöhnung.

Währen Roxeanne in Dublin war, hatte Doktor Walters bereits Rorys sofortige Untersuchung in der Klinik als Notfall organisiert. Roxeanne war rechtzeitig zurück, als die Ergebnisse vorlagen. Und es war wie vermutet, Rory hatte einen Herzinfarkt gehabt. Der untersuchende Arzt sprach mit Doktor Walters und Roxeanne, die als Lebensgefährtin dabei sein durfte über die Prognose. Und die war nicht positiv.
Nach allen Untersuchungsergebnissen, sei jederzeit wieder mit einem neuen Infarkt zu rechnen über dessen Gefährlichkeit man nur spekulieren könne. Konkrete Heilungsmaßnahmen könne die Klinik nicht vorschlagen, denn die Schädigung des Herzens sei bereits fortgeschritten. Selbst eine Bypassoperation sei nicht mehr zu verantworten. Eigentlich bliebe nur die Reinfarktprophylaxe mit Medikamenten und dazu eine riesige Portion Gottvertrauen.
Roxeanne war wie gelähmt. Das konnte nicht sein, durfte nicht sein. Gerade hatte sich ihre Beziehung zu Rory so positiv entwickelt und nun das. Die weitere Unterhaltung ging völlig an ihr vorbei und bald darauf waren Doktor Walters, Rory und sie unterwegs zurück nach Hause.

Roxeanne kümmerte sich nun von morgens bis abends um Rory, achtete darauf, dass er seine Medikamente pünktlich nahm und sich nicht zu sehr anstrengte. Doch es dauerte nur ein paar Tage und während eines Spaziergangs hatte Rory plötzlich Schmerzen in der Brust und war kurzzeitig bewusstlos, während Roxeanne ihn zurück zur Hütte brachte.
Da fasste Roxeanne einen Entschluss. Sie wollte ihr Glück nicht aufs Spiele setzen und Rory vielleicht jetzt schon verlieren. Also wartete sie, bis es ihm wieder besser ging und erzählte ihm dann vom Archipel.

Der Archipel war die eigentliche Heimat der Drachen. Eine Gruppe von Inseln, die auf keiner Karte verzeichnet und die auch noch von keinem Satelliten entdeckt worden war. Die Drachen hatten mit ihrer Magie dafür gesorgt, dass sie ungestört waren. Es lebten allerdings auch Menschen im Archipel, Menschen, die von Drachen dort hin gebracht worden waren. Die Magie dort sorgte dafür, dass die Menschen gesund blieben und sehr alt wurden. Auch Rory könnte dort sicherlich wieder gesund werden und noch lange mit ihr zusammen leben. Allerdings gab es für Menschen kein zurück, denn ein Mensch, der einmal auf dem Archipel war und ihn dann wieder verließ, der starb.

Rory konnte sich nicht sofort entscheiden und bat sich einen Tag und eine Nacht Bedenkzeit aus. Es sei schon eine schwerwiegende Entscheidung sich für immer aus der Menschenwelt zu verabschieden. Dafür hatte Roxeanne Verständnis, doch es wurden die längsten vierundzwanzig Stunden ihres langen Drachenlebens.

Es war dann das Schicksal, das die Entscheidung beeinflusste, denn in der Nacht hatte Rory wieder einen Anfall, der ihn in tiefe Todesangst versetzte. Er stimmte zu und wollte jetzt so schnell, wie möglich starten, nicht das Risiko eingehen noch im letzten Augenblick zu sterben.

Roxeanne schrieb eine Nachricht für Martin, der sich sonst sicher große Sorgen gemacht hätte. Erwähnte dabei aber nicht den Archipel, sondern teilte nur mit, dass sie sich entschlossen hätten weg zu gehen und nicht mehr zurück kommen würden.
Sie wünschte Martin alles Glück der Welt für seine Zukunft mit Gwendolin und sagte, dass Martin den Beutel neben der Nachricht nehmen solle. Da wo sie und Rory hingehen wollten, hätten sie genug von allem, was man zum Leben braucht.

Danach packte sie alles zusammen, was Rory mitnehmen wollte und bald waren sie startklar. Sie verwandelte sich in ihre Drachengestalt, Rory befestigte das Gepäck und sich auf ihrem Rücken und dann starteten sie. Roxeanne drehte noch eine Runde über der Senke mit dem Wäldchen und der Lichtung. Schön war die Zeit dort gewesen, doch eine Zukunft hatten sie nur im Archipel.

Für Martin war die Zeit gekommen bei Paddy seine Abschiedstour zu machen. Weil viel bestellt worden war und außerdem damit zu rechnen war, dass diesmal die Gespräche noch etwas länger dauern würden als sonst, beschlossen Paddy und er die Tour zu teilen. Heute würde er den südlichen Teil der Tour in Angriff nehmen und morgen dann den Rest.

Und es wurde eine Tour im Schneckentempo. Fast alle Leute fanden es schade, dass er jetzt nicht mehr kam. Viele wollten wissen, was er denn jetzt im Winter machen würde. Andere wussten von seinem Vorhaben sich einbürgern zu lassen und fragten nach dem Stand der Dinge. Er antwortete dazu ausweichend, dass die Bürokratie halt Zeit benötige, denn er wollte nicht, dass sich jemand vielleicht genötigt fühlen könnte, ihm die Bürgschaft zu geben.
Bald hatte er auch das Auto voll mit Abschiedsgeschenken, Kuchen, Marmelade, eingekochtes Obst und vieles mehr. Er hatte gar nicht geahnt, wie sehr er vielen Kunden ans Herz gewachsen war.
Am schwersten war der Abschied von der Kelly-Farm mit seinen „Adoptiv"-Brüdern Joseph und Jeremiah, die würde er am meisten vermissen. Doch einen Abschied wollten die beiden nicht gelten lassen. Martin musste genau beschreiben, wo denn diese Farm lag mit der Frau bei der er arbeitete. Das war mit ihren Rädern ein Katzensprung und sie würden in jedem Falle bei ihm vorbeikommen und bei der Arbeit helfen, wo er doch so oft Probleme mit seiner Gesundheit hatte und Unterstützung benötigte. Bald war es ausgemachte Sache, dass sie schon bald einen Antrittsbesuch machen würden, um festzustellen, ob diese Frau auch gut für ihn war und außerdem schon mal schauen, wo sie da überall zupacken könnten. Martin war ganz überwältigt von soviel Fürsorge und auch froh, dass er die beiden Bengel vielleicht doch öfter sehen würde, als befürchtet.
Es war spät am Abend, als er endlich zu Hause war. Die komplette Tour hätte er auf keinen Fall an einem Tag geschafft.

Den zweiten Tag ging er mit gemischten Gefühlen an, denn heute stand unter anderem der Abschied von Rory, Roxeanne und Mrs. „Maggie" Miller auf dem Programm. Das würde auch nicht einfach werden.

Bis er zu Rory's Wäldchen kam, hatte er bereits wieder ordentlich Verspätung und den Wagen voller Geschenke. Diese Iren waren einfach unglaublich. Er stellte den Wagen ab und ging den Rest zu Fuß. Bestellt hatten die beiden nichts, denn sie hatten ja kein Telefon und außerdem durch Rory's Krankheit genug andere Sorgen. Bald hatte er die Lichtung erreicht und sah sofort, dass niemand da war. Auf der Stelle machte er sich Sorgen, denn einen Ausflug machten die beiden sicherlich nicht. Hatte sich Rory's Zustand am Ende verschlechtert? Er eilte sofort zur Hütte und fand dort, wie erhofft eine Nachricht. Allerdings ganz anders, als befürchtet. Das war echt merkwürdig.
Sie hatten sich entschlossen weg zu gehen und würden nicht zurückkehren?
Da wo sie hingehen wollten, hätten sie genug von allem, was man zum Leben braucht?
Er verstand es nicht, aber es klang zumindest nicht negativ.
Aber er würde es so akzeptieren müssen, denn fragen konnte er ja nicht mehr.
Also öffnete er neugierig den Beutel und ließ ihn vor Schreck fast fallen. Darin waren mehrere Bündel Geldscheine und nur Hundert-Euro-Scheine, soweit er das erkennen konnte, das musste ein Vermögen sein. Wie waren die beiden zu so viel Geld gekommen und warum benötigten sie es nicht mehr?
Auch das verstand er nicht, würde es aber ebenso akzeptieren müssen.
Schnell verschloss er den Beutel wieder und steckte ihn ein. Zu Hause würde er dann das Zählen erledigen. Den Rest der Tour erlebte er nur schemenhaft, denn das Verschwinden von Roxeanne und Rory beschäftigte ihn doch sehr.

Erst Mrs. Maggie Miller schaffte es wieder, ihn aus seinen Grübeleien zu reißen. Sie akzeptierte seine vagen Bürokratie-Ausflüchte nicht und wollte wissen, was wirklich los war mit seiner

Einbürgerung. Und da packte er aus, erzählte, wie erst alles so gut gelaufen war, um dann an der Bürgschaft zu scheitern.
Maggie hörte sich das alles an, überlegte dann eine Weile und sagte ihm danach, dass er sie morgen früh abholen solle. Sie würden zusammen zur Bank fahren und das mit der Bankbürgschaft erledigen. Sobald die vorlag, was sicher etwas dauerte, würden sie direkt zur Behörde fahren und sie würde die Bürgschaft unterschreiben. Und bevor er jetzt das Diskutieren anfinge, solle er das lieber akzeptieren, denn sie sei stur und habe ja auch nichts mehr zu verlieren.
Natürlich diskutierten sie doch eine ganze Weile und am Ende stand der Termin bei der Bank am nächsten Morgen.

Als Martin später nach Hause fuhr, war er wie betäubt.
Was für ein Tag!
Erst das Verschwinden seiner besten Freunde verbunden mit einem kleinen Vermögen, dann die Bürgschaft aus dem Nichts.
Es gab viel zu besprechen mit Gwendolin.

Und es gab wirklich viel zu besprechen und zu erklären mit Gwendolin. Zuerst dachte sie, er erlaube sich einen Scherz, dann bedauerte sie es sehr, dass sie Roxeanne und Rory nie kennengelernt hatte und zum Schluss wollte sie auf jeden Fall mit zur Bank, um wenigstens die Bekanntschaft von Maggie zu machen. Danach kam der spannende Moment, denn sie zählten zum ersten Mal das Geld aus dem Beutel von Roxeanne und Rory. Dann zählten sie zur Sicherheit noch einmal. Dann noch einmal unabhängig von einander, um ganz sicher zu gehen. Doch es veränderte sich nichts, es waren achtzehntausend-dreihundertsiebenunddreißig Euro. Woher hatten die Beiden so viel Geld? Sie würden es wahrscheinlich nie erfahren.

An diesem Abend konnten sie lange nicht einschlafen, immer wieder sprachen sie über die plötzliche glückliche Fügung, die wahrscheinlich ihr großes Einbürgerungsproblem löste. Zum Schluss beendete Martin die Diskussion mit dem Hinweis, dass er ja gleich fest an seinen Schutzengel geglaubt habe. Danach bekam sein Engel noch einen dicken Kuss und dann wurde endlich geschlafen.

Am nächsten Tag starteten sie früh, weil sie ja vor der Bank noch Maggie abholen mussten. Maggie war total begeistert von Gwendolin und schloss sie gleich in die Arme. Jetzt sei sie noch mehr davon überzeugt, dass es richtig war Martin die Bürgschaft zu geben. So ein junges Glück musste sie einfach unterstützen. Auf dem ganzen Weg zur Bank plauderte sie angeregt mit Gwendolin, wollte alles über sie wissen und fand es total spannend, dass auch Gwendolin den Weg der Einbürgerung gegangen war.
Auf der Bank wurde es danach weniger erfreulich. Der Sachbearbeiter versuchte Maggie davon zu überzeugen, dass es zu gewagt war, einem quasi Fremden die Bürgschaft zu geben. Er holte dann sogar noch den Zweigstellenleiter dazu und zu zweit redeten sie auf Maggie ein. Bis Maggie der Kragen platzte und sie die Diskussion beendete mit dem Satz
„Machen Sie bitte Ihre Arbeit, meine Entscheidungen kann ich noch sehr gut alleine treffen".
Danach wurden in frostiger Atmosphäre die notwendigen Papiere ausgefüllt und in zwei Tagen würden sie dann die Bürgschaft abholen können.

Zwei Tage können ganz schön lange sein, wenn man auf ein wichtiges Ereignis wartet. Zwar versuchten Gwendolin und Martin sich mit der Arbeit auf der Farm abzulenken, doch immer wieder begann das Kopf-Karussell.
Was ist, wenn es sich Maggie doch noch anders überlegt?
Was ist, wenn sie krank wird oder gar stirbt?
Was ist, wenn die Behörde die Bürgschaft nicht anerkennt?
Und, und, und, ...
Die beiden Tage zogen sich wie dicker Sirup, doch dann war es endlich soweit. Wieder starteten sie früh und holten Maggie ab.

Dann ging es zur Bank, wo sie die Bürgschaft abholten, wobei sie nur eine Sekretärin zu Gesicht bekamen, der Sachbearbeiter oder gar der Zweigstellenleiter ließen sich nicht blicken. Maggie meinte grinsend, dass die sicher beleidigt seien, weil ihre guten Ratschläge nichts bewirkt hatten.

Danach war die Behörde dran. Dort wurden sie jedoch von dem Mitarbeiter freundlich empfangen. Er prüfte die Bankbürgschaft und sie wurde anerkannt. Danach mussten Gwendolin und Martin den Raum verlassen, denn sie durften nicht anwesend sein, während der Mitarbeiter Maggie über alle Aspekte der Bürgschaft aufklärte. Als sie wieder herein gebeten wurden, war das Dokument bereits ausgefüllt und unterschrieben. Jetzt musste nur noch Martin das Passformular und den vorläufigen Pass unterschreiben und dann war es amtlich. Der Mitarbeiter begrüßte Martin Bird herzlich als neuen Mitbürger und händigte ihm eine Reihe von Broschüren aus, die ihn über seine neuen Rechte und Pflichten aufklärten.
Den endgültigen Pass würde er erst in vier Wochen erhalten, weil dieses Dokument ja in der Zentralstelle fälschungssicher hergestellt werden musste. Doch das war nur eine Formalie, Martin Bird war bereits jetzt ein waschechter Ire, wie der Mitarbeiter lachend meinte.

Anschließend gingen sie mit Maggie zur Feier des Tages essen und unterhielten sich dabei natürlich zuerst über die Einbürgerung. Danach aber sprudelten aus Maggie jede Menge

Geschichten aus ihrem Leben. Über ihren Mann, die Kinder, die Farm und viele viele Anekdoten aus dem gemeinsamen Leben. Als sie Maggie später nach Hause brachten, hatte sie ganz rote Bäckchen und war sich sicher, dass sie so einen schönen Tag schon lange nicht mehr erlebt hatte. Gwendolin und Martin versicherten ihr, dass sie schon jetzt eingeladen sei, sich ihre Farm anzuschauen. Kaffee, Kuchen und viele Gespräche inbegriffen.

Als sie dann selbst endlich wieder auf ihrer Farm angekommen waren, da waren sie einfach nur noch platt aber glücklich.
Die Zukunft hatte ihre bedrohlichen Schatten verloren.

Doch es dauerte nicht lange und die Schatten der Vergangenheit holten Martin ein. Viele hatte er verdrängt, doch jetzt meldeten sie sich wieder. Besonders die Frage, wie es seinen Eltern wohl ging.
Er erzählte Gwendolin zum ersten mal darüber, dass er sieben Jahre völlig abgetaucht war, kein Lebenszeichen gesendet hatte.
Dass er sich danach mit der Ausrede begnügt hatte, dass er ja illegal war und nicht reisen konnte.
Gwendolin hörte sich das alles ruhig an, ohne ihn zu unterbrechen oder Fragen zu stellen. Doch als er geendet hatte, bezog sie klar Stellung. So könne er mit seinen Eltern nicht umgehen. Ob er sich überhaupt schon einmal überlegt habe, was sie inzwischen durchgemacht hatten, als ihr Sohn spurlos verschwunden war, welche Sorgen und Ängste sie auszuhalten gehabt hatten und immer noch hatten. Er müsse das umgehend in Ordnung bringen, am besten sofort anrufen, denn anrufen hätte er auch als Illegaler können.
Martin war tief betroffen, Gwendolin hatte absolut Recht, er hatte sich einfach mit einer billigen Ausrede vor der Verantwortung gedrückt, weil er viel zu sehr mit sich selbst beschäftigt war. Zum Glück hatte er die Telefonnummer nicht vergessen und griff sofort zum Telefon.
Doch es gab „Keinen Anschluß unter dieser Nummer".
Martin war sofort besorgt, doch Gwendolin versuchte seine Ängste zu zerstreuen mit dem Hinweis, dass man seinen Telefonanbieter wechselt und dabei die Nummer nicht mitnehmen kann.
Um Klarheit zu haben, solle er sich von dem Geld von Roxeanne sofort ein Flugticket nach Deutschland kaufen und losfliegen.
Das beruhigte ihn etwas und so wollte er es machen.

Bereits zwei Tage später saß er in einem Taxi, das ihn vom Flughafen zu seinen Eltern brachte. Ihm war sehr, sehr mulmig zumute. Wie würden seine Eltern reagieren?
Er beschloss eine Straße vorher auszusteigen und erst einmal von weitem zu schauen.
Auf den ersten Blick sah alles aus wie früher. Das Haus und der Vorgarten waren gepflegt. Das beruhigte ihn etwas. Trotzdem drehte er noch eine Runde um den Block, um seinen Herzschlag auf Normalfrequenz zu bringen. Als das nicht klappte, drehte er noch eine Runde und noch eine Runde. Dann schimpfte er sich einen Feigling, holte tief Luft, ging bis zur Tür, klingelte und bemerkte dabei, dass auf dem Schild nicht „Vogel" stand, sondern „Rietmüller". Was hatte das zu bedeuten? Schon waren die Sorgen wieder da.
Eine freundliche Frau mittleren Alters öffnete und schaute ihn fragend an. Für diesen Fall hatte er gedanklich vorgesorgt und erklärte der Frau, dass er eigentlich die Familie Vogel besuchen wolle. Er sei ein entfernter Verwandter aus Irland, gerade beruflich in Deutschland und habe die Gelegenheit für ein Wiedersehen nutzen wollen.
Die Frau konnte ihm dazu nur sagen, dass sie das Haus vor vier Jahren von einem Herrn Vogel gekauft hatten. Dessen Frau war gestorben und alleine war ihm das Haus zu groß. Deshalb hatte er sich eine kleine Wohnung in der „Seniorenresidenz am Park" gemietet. Mehr könne sie ihm leider dazu nicht sagen.
Martin bedankte und verabschiedete sich. Wieder auf der Straße, musste er erst einmal stehen bleiben. Seine Mutter war tot. Er rechnete kurz. Siebenundfünfzig, sie war erst siebenundfünfzig gewesen. Er musste unbedingt seinen Vater fragen, was genau passiert war. Aber zuerst würde er dem Familiengrab einen Besuch abstatten, das war er seiner Mutter schuldig.

Auf dem Friedhof wartete der nächste Schock auf ihn. Nicht nur seine Mutter lag dort, auch sein Vater war im letzten Jahr gestorben. Lange stand er am Grab und die Tränen liefen ihm über die Wangen.
Plötzlich wurde er angesprochen.
„Das ist wirklich ein trauriger Fall mit der Familie Vogel."
„Sind sie ein Verwandter?"
Er drehte sich um und da stand die alte Frau Hofferbert, eine Nachbarin schon zu seiner Kinderzeit, die ihn offensichtlich nicht erkannte. So erzählte er wieder die Geschichte mit dem entfernten Verwandten aus Irland und erfuhr im Gegenzug die ganze Geschichte.
Das Unglück der Familie Vogel hatte angefangen, als die Freundin des Sohnes überfahren wurde. Das hatte den Martin ganz aus der Bahn geworfen und er war bald darauf im Urlaub spurlos verschwunden. Drei Jahre hatten die Vogels nachgeforscht, gewartet und gehofft. Dann hatte die Mutter die Hoffnung aufgegeben, war selbst krank geworden und im darauffolgenden Jahr gestorben. Das wiederum hatte den Vater völlig hilflos und wütend gemacht. Er konnte das Haus nicht mehr ertragen. Also verkaufte er es und zog sich in so ein anonymes Altensilo zurück, wo er bald darauf dement wurde. Sie habe ihn noch oft besucht, aber binnen kurzer Zeit habe er sie nicht mehr erkannt und im letzten Jahr war dann auch er verschieden. Nun war die ganze Familie ausgelöscht, was für eine Tragödie.
Martin stimmte ihr zu, bedankte sich für die Auskunft und danach ging Frau Hofferbert weiter zu ihrem Familiengrab, um ihrem Alfred ein paar Blümchen zu bringen.
Martin setzte sich auf eine Bank in der Nähe und versuchte seine Gedanken zu ordnen. Was hatte er da angerichtet? Sein Egotrip über die Inseln hatte seinen Eltern das Leben gekostet. Und nicht nur das, konnte er doch nur erahnen welches Leid die beiden zuvor durchlebt hatten.

Zwei Tage später war Martin wieder in Irland.
Er hatte noch Blumen für das Grab besorgt und einen Grabpflegeauftrag erteilt. Ein Jahr hatte er im voraus bezahlt und seine irische Adresse hinterlassen mit der Bitte um Zusendung der Rechnung für die Folgejahre Er sei einer der letzten lebenden Verwandten und wolle, dass das Grab gepflegt bleibe.
Gwendolin hatte sich die ganze Geschichte angehört und versucht ihn zu trösten, was aber gar nicht möglich war, es würde Zeit brauchen, bis er das verarbeitet hatte.

Zum Glück kam bald das Frühjahr und damit jede Menge Arbeit auf der Farm. Und Gwendolin sorgte dafür, dass er ständig beschäftigt war.

An den Wochenenden holten sie, wie versprochen oft Maggie ab oder blieben bei ihr zum Tee. In jedem Falle wurde viel erzählt und Maggie hatte viel zu erzählen.

Auch Joseph und Jeremiah tauchten regelmäßig auf, denn ohne sie waren Gwendolin und Martin ja völlig aufgeschmissen. Das waren jedes mal laute fröhliche Tage und langsam wurden Martins Depressionen immer seltener.

Dann gab der alte Pickup seinen Geist auf. Zum Glück hatten sie das Geld von Roxeanne und konnten einen gebrauchten Pickup kaufen, den sie dann auch offiziell „Roxeanne" tauften.

Auch Paddy ließ es sich nicht nehmen ab und an vorbei zu schauen. Dann klagte er sein Leid, wie schwer er es jetzt hatte ohne seinen Gehilfen. Und manchmal fuhren sie gemeinsam zu Michaels Grab und hörten in Gedanken dort sein Lied, das Lied von den Inseln, den Inseln, auf denen die Wünsche wahr werden.

Epilog

Martin saß auf der Veranda und hatte es sich im Schaukelstuhl gemütlich gemacht. Die Tagesarbeit war getan und er war zufrieden mit dem, was er heute geschafft hatte.
Da kam Gwendolin über den Hof, eingehüllt in ihre rote Mähne, verschwitzt und staubig, aber lachend.
„Hey du Faulenzer, lässt du wieder mich die ganze Arbeit machen und mimst hier auch noch den Gutsherrn, der seine zahlreichen Leibeigenen bei der Arbeit kontrolliert?", rief sie ihm zu und ließ sich dann auf seinen Schoß fallen.
Martin nahm sie in den Arm, küsste sie und war in diesem Augenblick so glücklich, dass er hätte weinen können.
„Du kleiner Kobold, du glaubst wohl, dass du hier der Chef bist. Aber nicht mit mir, vorher versohle ich dir den Po. Es sei den du bist einsichtig und sagst mir, dass du mich liebst."
Da wurde Gwendolin plötzlich ganz ernst und schaute ihm tief in die Augen.
„Ich liebe dich, mehr als du dir vielleicht vorstellen kannst."

Und in Gedanken fügt Gwynneth hinzu
„Du weißt doch: Ein Drachenherz liebt ewig!"

Gwendolin ?   Gwynneth ?

Man darf das mit den Namen bei Drachen nicht so ernst nehmen.
Ihre Menschennamen sind Schall und Rauch.
Ihre Echt-Namen kennen nur sie selbst und
würden sie auch nie verraten.
Denn wer den Echt-Namen eines Drachens kennt,
der hat Macht über ihn.

MIX
Papier aus verantwortungsvollen Quellen
Paper from responsible sources
FSC® C105338